Un bonheur mortel

Du même auteur

MINEUR DE FOND, coll « Terre humaine » (en collaboration avec Augustin Viseux), éd. Plon, 1991.

LE GRAND DÉCERVELAGE, ENQUÊTE POUR COMBATTRE LES SECTES, éd. Plon, 1993.

BONTEMS, BUFFET, récit (en collaboration avec Muriel Rémont), éd. Fleuve Noir, 1994.

TUTEUR À GAGES, roman, éd. Plon, 1994.

LES SECTES, coll. « Domino », éd. Flammarion, 1994.

Bernard Fillaire

Un bonheur mortel

Racisme – Infiltration – Propagande
Terrorisme – Corruption – Eugénisme
Négationnisme – Manipulation mentale
Droite nationale – Paranormal.

Stock

À Judith
et Tristan

« Le corps est un véhicule plus nécessaire que l'âme parce qu'il soutient les vêtements, et, par les vêtements, des poches. »

Alfred JARRY,
Gestes et opinions du Docteur Faustroll.

Le 7 novembre 1994, rentrant d'une conférence sur les sectes, je regardais les titres des journaux affichés à une devanture de kiosque. La une du *Point* : « *Les juges font sauter les caisses noires* », m'intéressa particulièrement. Qu'est-ce qu'une secte, me disais-je, sinon une caisse noire ? Les adeptes apportent de l'argent sous forme de dons, d'emprunts ; de cours, de soins ; de participation à des stages et des voyages ; et de travail non rémunéré.

→ « La secte des Trois-Saints-Cœurs, me racontait Aloïs B. en décembre 1994, a pour couverture une industrie de produits diététiques : le Pianto et

Bio-Tonic-Saint-Joseph. La SPECO (Special Product Corporation), basée au Luxembourg, fabrique ces produits.

« J'ai commencé à y travailler à 16 ans. Je me levais à 4, 5 heures du matin à cause des prières. La production commençait à 7 heures et se terminait à 23 heures. J'étais en bout de chaîne. Mon travail consistait à mettre les couvercles sur les boîtes, monter les palettes, les sortir et les transporter dans le stock, revenir, remettre les couvercles, etc. Le tirage était de 3 600 flacons à l'heure – soit 3 flacons par seconde. J'étais en short et en tee-shirt en plein hiver tellement je transpirais... Puis c'était le nettoyage de la machine.

« Je n'ai jamais touché le moindre salaire. Ma mère a porté plainte pour quinze années de travail non rémunérées. Elle a réussi à récupérer 600 000 francs français. »

Comme le journaliste du *Point*, Jérôme Dupuis, demandait à Thierry Jean-Pierre, ex-juge d'instruction au Mans, élu député européen sur la liste de Philippe de Villiers, à quoi servirait le « Forum Démocratie-Justice » qu'il créait, celui-ci répondait :

« Nous voulons en faire un mouvement de citoyens, un véritable moyen de pression pour dénoncer les blocages de la justice...

– Qui fait partie de ce Forum ?

– Des magistrats comme Maillard ou Gallot, des

avocats comme Inschauspé ou Schnerb, d'anciens policiers comme Antoine Gaudino, mais aussi des citoyens soucieux d'œuvrer dans le même sens... »

Peu de temps après, Me Schnerb défendra la secte IVI (Invitation à la vie) et Antoine Gaudino préfacera *Ni droite, ni gauche... Français,* un ouvrage de Samuel Maréchal, secrétaire général du Front national de la jeunesse. Mais pour l'heure, c'était la présence de Me Dominique Inschauspé à ce forum « anticorruption » qui m'avait surpris. Cet avocat ne s'illustrait-il pas, depuis des années, dans la défense de sectes comme l'Église de Scientologie [1] ?

Je recevrai, quelques jours plus tard, à propos de la succursale autrichienne de l'Église de Scientologie, un document concernant un système de fausses factures : *«... les organes de la Scientologie proposaient des astuces pour lessiver l'argent; il s'agissait par exemple d'acheter une œuvre d'art ou des droits sur de la musique, qui pourraient être revendus, après le délai légal d'un an (loi sur la spéculation), pour un prix de dix à quinze fois supérieur, à la firme scientologue*

1. La revue *Secrets et Société* du 16 juin 1993 donnait un aperçu du CV de cet avocat : *«... gouvernement malien, Fouad Ali Saleh, la première exciseuse, affaire du sang contaminé, château du Magnet* [secte], *Église de Scientologie,* [secte] *Enfants de Dieu* [secte ayant pris le nom de La Famille après sa dissolution en 1978 pour racolage et prostitution]... »

Etico Ltd, Londres, sans avoir à payer d'impôt sur le bénéfice [1]... »

Quant au rapport parlementaire de 1996, il notera, parmi *« de nombreux cas de détournement des circuits économiques »* : l'Église de Scientologie, l'Association Nouvelle Acropole France, le Mouvement raëlien français, la Soka Gakkaï internationale France, etc.

Les sectes ne font que reproduire les mécanismes criminels. Si elles changent de « masques » : écologie, développement personnel, guérison, culture, religion, vente à domicile, etc., c'est parce qu'elles s'adaptent au marché. Si l'immobilier est en hausse, elles investissent dans l'immobilier. À Berlin, par exemple, l'Église de Scientologie poursuit son plan « Blanche-Neige », rénovant des appartements dans les quartiers pauvres [2].

Le capital d'une petite secte de trente membres comme les Trois-Saints-Cœurs pesait, en 1994, 40 millions de francs belges. Rien qu'en France, la secte possédait : un magasin et un bureau pour son

1. Émanant de la revue *Wirtschaftswoche*, n° 48. D'après le résumé de *Kurz-Infos* de GSK, Vienne, n° 6/94. Cinq mois plus tard, le ministre allemand du Travail Norbert Bluem, qui avait traité l'Église de Scientologie d'*« organisation criminelle de blanchiment de l'argent »*, gagnait le procès que lui avait intenté la secte... (Dépêche AFP de Bonn.)

2. Sa puissance d'infiltration est telle que le gouvernement de Bavière a décidé d'interdire, à partir du 1er novembre 1996, l'embauche dans la fonction publique de membres de l'Église de Scientologie.

siège social, à Paris; une maison de 32 pièces et 2000 mètres carrés de terrain, à Brunoy [1]; un château à côté de Carpentras, un chalet au mont Ventoux, deux appartements à La Foux-d'Allos, un béguinage sur l'île d'Oléron, deux maisons au Luxembourg… En mobilier : deux pianos de concert Bozendorfer et assez d'instruments de musique pour former un orchestre, une voiture Alpina BC turbo (en 1986), un éventail d'autres voitures…

Puis il y a la secte moyenne comme Aum : *« Un empire d'une centaine de sociétés commerciales, allant des magasins d'ordinateurs à une chaîne de restaurants, en passant par des entreprises de produits chimiques et de machines de précision, évalué à 2,5 milliards de yens (145 millions de francs) dont 1,7 milliard en biens immobiliers… Actifs : plus de 29 millions de dollars amassés en moins de sept ans. Biens immobiliers : au moins 19,7 millions de dollars (environ 136000 mètres carrés répartis sur seize sites). Deux vedettes mouillées à l'est de Tokyo, un gros hélicoptère [2]… »*

La fortune de cette secte, qui perpétra l'attentat au gaz sarin dans le métro de Tokyo, n'est que poussière à côté de celle, inestimable, des grandes sectes comme Moon, les Témoins de Jéhovah, l'Église de Scientologie ou la Soka Gakkaï. Cette dernière affiche

1. Cette maison soutirée par la secte à une ex-adepte lui a été restituée après dix ans de procédure.

2. *Le Monde,* 17 mai 1995.

des revenus de 200 à 300 milliards de yens (10 à 15 milliards de francs); ses comptes en banque seraient approvisionnés à hauteur de 1000 milliards de yens (50 milliards de francs)!

La plupart des sectes font travailler cet argent non déclaré sur des comptes personnels dans des paradis fiscaux où, par l'intermédiaire de sociétés et de banques offshore, il est mis en contact avec le travail local : armes, drogue, prostitution... Ainsi prélavé, il retourne dans son pays d'origine sous forme d'investissements.

Le 8 novembre, Mme Marie-Claire Ricci ayant pour avocat Me Schnerb faisait assigner le père Jacques Trouslard et *Le Nouvel Observateur* devant le tribunal de grande instance de Paris pour atteinte à la vie privée. Un article d'octobre 94 intitulé « Quand les sectes s'habillent couture », reprenant des propos du père Jacques Trouslard, mentionnait l'appartenance de Mme Ricci à la secte IVI (Invitation à la vie).

Le 9 novembre, *Le Point* était toujours posé sur ma table. Je ne pouvais m'empêcher de trouver une similitude entre la lutte contre la corruption au nom de la « moralisation publique » menée par la droite nationale et cette lettre de règlement sur la « propagande noire » du gourou de l'Église de Scientologie, Ron Hubbard : « *La technique est de tenter de rabaisser une réputation à un point si bas que la personne, la société ou la nation perd tout droit de toute sorte par "accord général". Il est alors possible de détruire la personne, la société, ou la nation* [...] *Aucune personne, société ou nation n'a les mains totalement propres* [1]. »

En voici un exemple : le 9 juin 1994, la 14e chambre du tribunal de commerce de Paris exigeait de l'Église de Scientologie une créance s'élevant à 9 702 552,37 francs pour avoir, « *bien qu'ayant la forme juridique d'une association, tiré la plus grande partie de ses ressources de la vente de livres, documents*

1. HCO (Hubbard Communication Office) du 21 novembre 1972. « Comment manier la propagande noire. Rumeurs et campagnes de chuchotement ».

et matériels » ; et *« procédé, par une politique de tarifs élevés* [1], *à la recherche d'excédents... »*.

Suivant à la lettre les directives agressives[2] de Ron Hubbard, l'Église de Scientologie, qui multiplie les « mouvements de citoyens[3] », diffusait quelque temps plus tard cet appel en direction des fonctionnaires de la Direction générale des impôts :

HALTE À LA CORRUPTION,
Halte au mépris du citoyen,
Pour une administration transparente
au service des administrés,
Pour une protection du fonctionnaire intègre

« En juillet dernier, l'Association "Éthique et Liberté", dans le cadre de sa campagne sur la réforme du devoir de réserve, avait fait appel aux citoyens ayant des difficultés avec le fisc [...].

1. *« Celle-ci facturerait, en effet, certains cours à plus de 70000 francs,* peut-on lire dans *Les Sectes en France,* rapport parlementaire, janv. 96. Ce même rapport indique : *"Ont également été convaincus de fraude fiscale, entre autres,* [...] *l'Église de Scientologie (cf. notamment l'arrêt du 3 fév. 95 de la cour d'appel de Paris, n° 7). Là aussi, ces organismes avaient réalisé de substantiels bénéfices commerciaux par le biais d'associations à but prétendument désintéressé. »*

2. *« Le prix de la liberté : une vigilance constante, une volonté constante de riposter. »*

3. Commission des citoyens pour les droits de l'homme (CCDH) ; Comité français des scientologues contre la discrimination (CFSD) ; Association des Scientologues pour le progrès social, Association « Éthique et Liberté », etc.

« Les cas découverts [...] nous encouragent à continuer notre campagne et à nous adresser directement aux fonctionnaires de la Direction générale des impôts.

« Mesdames et messieurs, afin que les exemples de détournements de fonds, de faux et usage de faux, de corruption et d'escroquerie repris par la presse n'entachent toute une profession, afin que le métier difficile qui est le vôtre ne soit pas l'objet du mépris du citoyen, afin que la vie des contribuables vérifiés ne deviennent un enfer journalier, afin que ceux-ci ne soient pas acculés à porter plainte contre les fonctionnaires, devenez vous-même l'élément correcteur de votre administration.

« L'association "Éthique et Liberté" recevra à l'adresse ci-dessus tous les documents prouvant les injustices, les illégalités, les abus en tout genre, les détournements de quelque nature qu'ils soient (anonymat garanti) [...]. Ceux-ci seront étudiés par des avocats fiscalistes et pénalistes, et toute mesure garantissant les droits de chacun sera entreprise – qu'il s'agisse du droit du citoyen à être traité équitablement, comme de celui du fonctionnaire qui agira pour que son administration ne commette aucun abus de droit. »

La lutte contre la corruption brandie comme projet politique, est un masque dont se sont toujours couverts les dictateurs et les démagogues. Cette lutte doit être évidemment menée mais sans populisme ou sectarisme, uniquement comme moyen de faire respecter la démocratie et l'État de droit.

Qui fait l'ange fait la bête... Abandonnons l'Église de Scientologie pour la silencieuse association les Témoins de Jéhovah de France. Le 4 septembre 1989, son président, Jean-Marie Bockaert, écrivait à Mme Cormier, maire d'Incarville, une lettre dans laquelle il la remerciait d'avoir bien voulu accorder, le 24 août 1989, un entretien au vice-président de son association, M. Louis Breine...

« *Cet entretien,* écrivait-il, *nous a permis de mieux cerner les problèmes que pose l'implantation de notre association à Incarville, en raison du nombre assez élevé des membres de notre communauté religieuse.* [...] *Quoi qu'il en soit, conscients des besoins de la commune d'Incarville, que nous remercions pour sa collaboration, nous vous prions de trouver sous ce pli un chèque d'un montant de 10 000 francs*[1], *que nous vous laissons le soin d'utiliser au mieux.* [...] »

La réponse de Mme le maire d'Incarville fut catégorique :

« [...] *J'ai également averti le Conseil du don que vous m'aviez fait ; leur réaction violente et unanime, étayant ma propre conviction à ce sujet, m'incite à vous*

1. Chèque Crédit Lyonnais n° 8968502 kb à l'ordre de « Madame le Maire d'Incarville ».

rendre le chèque en question, que vous voudrez bien trouver ci-joint.

« [...] *la position du Conseil est très ferme ; il ne souhaite plus voir l'Association s'étendre davantage dans la commune, il espère donc, en conséquence, que vous abandonnerez tout projet de nouvelles acquisitions sur Incarville...* »

Le 10 novembre, je regardais à la documentation de l'ADFI[1] de Paris une lettre confidentielle spécialisée dans l'ésotéro-occultisme : *Secrets et Société*, dont Serge Faubert avait, dans *L'Événement du jeudi*, dévoilé l'existence il y avait juste un an.

Le directeur de cette lettre, Philippe-André Duquesne[2] et son rédacteur en chef Arnaud d'Apremont étaient membres du GRECE[3], « société » réunissant les intellectuels de la droite nationale autour de la « défense de l'esprit » (comme le négationniste Roger Garaudy, qui participa au 29e colloque du GRECE en novembre 1995). Leur ennemi : la souveraineté de l'individu, la démocratie qu'ils

1. Association de défense des familles et des individus.

2. Responsable en 1979 du Parti des forces nouvelles (PFN) dans le Poitou ; candidat du Front national à Aulnay-sous-Bois en mars 1989, collaborateur de *National Hebdo* et du *Crapouillot*.

3. Groupement de recherche et d'études pour la civilisation européenne, fondé en 1967.

tentent de détruire « pacifiquement ». Comme l'écrit Pascal Perrineau dans *Histoire de l'extrême droite en France* : *« Ces idéologues considèrent que la victoire dans la sphère des idées et de la culture prépare les conditions de la victoire politique.* [...] *Sur le plan idéologique, la "nouvelle droite" a redonné un visage neuf à des vieilles antiennes de l'extrême droite (valorisation de l'inégalité, racisme, élitisme, référence à la culture européenne et à la Grèce...) et a gagné dans les "têtes" à défaut de gagner dans les urnes*[1]. »

Secrets et Société traitait des sectes. La droite nationale a compris depuis longtemps que toute révolution qui compte est « spirituelle » et que, pour triompher, elle ne doit pas seulement infiltrer les institutions, l'économie, les cerveaux mais aussi les « cœurs ».

> → *« Quiconque veut gagner la masse doit connaître la clef qui ouvre la porte de son cœur »*, Hitler (*Mein Kampf*).

Elle sait aussi que la prise de pouvoir ne peut avoir lieu que dans un pays possédant l'arsenal idéologique adéquat. Les sectes, qui estiment que notre culture est responsable de tous nos maux, qui proposent une solution de rechange située ni à droite ni à gauche, une « troisième voie » ou une « troisième

1. Sous la direction de Michel Winock, chapitre « Le Front national : 1972-1994 », Le Seuil, 1993-1994.

civilisation[1] », qui entendent créer un homme nouveau et « non contaminé », lui fournissent cet arsenal.

D'autre part, la pénétration des idées sectaires déborde le nombre de ses adeptes. Ses idées, solubles dans la mouvance du Nouvel Âge, trouvent un large écho dans l'opinion. Le Nouvel Âge n'est pas une innocente occupation caressant l'individu dans le sens de son épanouissement personnel, il diffuse et banalise les idées fermentées dans les laboratoires des sectes. Nombreux sont ceux qui, sans savoir de quelle idéologie ils sont imprégnés, croient à une révolution de l'esprit pour transformer la société et proclament – en dehors de toute considération de justice sociale – l'absolue supériorité de la « liberté individuelle » sur la « liberté politique[2] ».

> → *« Déjà, en vingt ans,* lit-on en préface d'un ouvrage du gourou de la secte Iso-Zen, *beaucoup de thèmes concernant la jonction cosmique ont fait leur chemin dans la conscience collective. La vague du Nouvel Âge qui déferle sur tous les pays occidentaux sensibilise les opinions publiques aux thèmes de la recherche intérieure et du transfert interdimensionnel. »*

1. *Troisième Civilisation,* titre de la revue de la Soka Gakkaï.
2. Cette théorie viendrait, selon Hannah Arendt, d'individus qui, dans l'antiquité tardive, n'ayant pas de place dans cette société, se regroupaient dans des *« sectes populaires et vulgarisatrices qui n'ont de commun avec la philosophie que le nom ».* In *La Crise de la culture*, Gallimard, 1972.

En outre, un escadron d'intellectuels considère les sectes avec une neutralité bienveillante, jouant ainsi les courroies de transmission.

De petites revues comme *Secrets et Société* ne sont pas anodines. Elles diffusent des idées qui risquent de devenir recevables. Les intervenants de cette lettre confidentielle étaient des universitaires : Jean-François Mayer, ex-néo-fasciste lyonnais[1] qui anime la collection « Bref » aux éditions du Cerf[2], et expert fédéral à l'Office central de défense chargé d'*« élaborer les bases de la politique de sécurité »* de la Suisse[3] ; Massimo Introvigne, professeur de sociologie à l'université théologique d'Italie du Sud, membre de l'Alleanza cattolicà (représentant italien de la secte TFP[4]), spécialiste des groupes ésotériques, fondateur avec Jean-François Mayer du CESNUR (Centre d'étude des nouveaux mouvements religieux), qui

1. Responsable dans les années 75/78 du comité Alain-Escoffier, créé à l'initiative du Parti des forces nouvelles, et *« membre du comité de diffusion de la revue néofasciste* Défense de l'Occident *sur Rhônes-Alpes »* (*Golias*, n° 27/28; 1991).

2. Cette collection, fondée par F. Boespflug, a publié des auteurs tels que Jean-François Mayer, Régis Dericquebourg, Massimo Introvigne, reconnus par l'Église de Scientologie pour leur « objectivité ».

3. Jean-François Mayer y rédigeait notamment une lettre confidentielle sur la situation internationale et avait accès aux secrets d'État.

4. Tradition Famille Propriété fut créé, en 1960, par Plinio Correa de Oliveira. *Les Sectes état d'urgence* (centre Roger-Ikor, Albin Michel) citent ce passage de *L'Événement du jeudi*

réunit des universitaires niant la dangerosité des sectes.

Leur travail consiste, au nom de la liberté de religion et de la défense des minorités, à officialiser les sectes. Il ne faut pas s'étonner si, en juin 1993, *Éthique et Liberté*, organe de l'Église de Scientologie de Paris, recommandait pour son « objectivité » la lettre *Secrets et Société*, de même que *Sectes nouvelles – un regard neuf*, de Jean-François Mayer[1]. Ni de voir la secte Nouvelle Acropole participer, en novembre 1987, à un colloque[2] où, sur sept participants, trois étaient des universitaires bien connus de la Nouvelle Droite. Entre autres universitaires, Jean-Paul Allard, membre du GRECE, qui fut, en 1986, le président du jury universitaire de la thèse négationniste Roques[3].

(31/7/85) : *« Après avoir participé activement à la répression politico-militaire au Brésil, en Argentine, au Chili, l'organisation internationale d'extrême droite TFP* [...] *soutient l'apartheid en Afrique du Sud... »*

1. De même que le *Bulletin de l'Association d'étude et d'information sur les mouvements religieux (AEIMR)*, *Religions de guérison*, de Régis de Ricquebourg, Le Cerf (lequel écrit également dans l'AEIMR) ; *Le Racisme religieux*, de Raël ; *La Nouvelle Inquisition athée et psychiatrique*, de G. et L. Soliméo, éd. TFP.

2. « Mythe et histoire dans la pensée de Dumézil et Éliade », patronné par les Amis du musée Guimet et l'Institut d'études indo-européennes de Lyon III.

3. J.-P. Allard y trouva « cocasse » la description du tas de chaussures retrouvées dans les camps de concentration.

→ *« L'idéal national-socialiste renaîtra en Allemagne, dans cinquante ans, cent ans peut-être, et peut-être sous la forme d'une religion nouvelle* [1] », disait Adolf Hitler à Trudel Junge, sa secrétaire personnelle.

« Mon retour aura lieu sous forme d'un conducteur non pas religieux mais politique », disait le fondateur de l'Église de Scientologie, L. Ron Hubbard, dans son testament[2].

Réunissant les deux termes : religieux et politique, rappelons l'appel de Le Pen au catholicisme le plus intégriste pour « sauver » la France. Il s'incarne en la personne de Bernard Antony[3], dont les comités Chrétienté-Solidarité forment une *« sorte d'embryon d'un futur parti national-catholique* [4] *»*.

Rappelons aussi ce propos de la présidente de l'association « Les yeux ouverts », repris par *Le Monde* du 12 juillet 1996 à propos du monastère de Sainte-Madeleine, à Barroux, dans le Vaucluse, où Bernard

1. *Nazis à cœur ouvert*, Lev Guinzbourg, EFR.

2. HCO du 5 mai 1980. Cité intégralement in *Le Grand Décervelage, enquête pour combattre les sectes,* Plon. Selon l'Église de Scientologie de Paris, ce texte serait un faux.

3. De son vrai nom Romain Mary. Fondateur du mensuel *Présent* – défini par Jean Madiran, son codirecteur, comme *« à droite de l'extrême droite »* (*Itinéraires*, sept.-oct. 1981).

4. *Les Droites nationales et radicales en France*, Jean-Yves Camus et René Monzat, Pul, 1992. Bernard Antony organisa la rencontre de Jean-Marie Le Pen avec Jean-Paul II, le 10 avril 1985.

Antony tient son université d'été, où se recueille le maire Front national d'Orange, où se repose Le Pen en campagne : « [...] *Sainte-Madeleine est devenue "la base spirituelle arrière du Front national, où l'on défend la race blanche et une forme de religion qui est celle de l'Inquisition".* »

Une telle rencontre idéologique ne peut qu'amener sectes et mouvements politiques extrémistes à collaborer. C'est ainsi que, en 1986, Pierre Ceyrac, leader mooniste, devenait député du Nord sur la liste Front national, puis député Front national au Parlement européen[1].

1. Pierre Ceyrac a récemment démissionné du Front national.

Le 12 novembre, retournant à l'ADFI de Paris, je trouvais dans un *Secrets et Société* n° 3[1], un entretien avec Me Dominique Inschauspé, que l'ex-juge Jean-Pierre citait comme membre de son « mouvement de citoyens ». Me Inschauspé profitait des colonnes de cette lettre confidentielle pour vanter la bonne moralité de l'Église de Scientologie dont plusieurs adeptes avaient été mis en examen à Lyon pour abus de confiance, escroquerie et homicide involontaire[2]...

Certes, Me Inschauspé n'est pas le seul avocat à défendre des mouvements sectaires. Les sectes s'offrent, entre autres, Me Lombard (La Citadelle,

1. 16 juin 1993.
2. Le 24 mars 1988, un adepte de l'Église de Scientologie, Patrice Vic, se défenestrait. Son suicide fut mis en relation avec le « traitement » infligé par la secte, de même que ses pressions financières. Le procès de 23 membres de la secte débutera le 23 septembre 1996.

Soka Gakkaï France); Me Collard (La Citadelle); Me Metzner, avocat actuel de l'Église de Scientologie dans la plupart de ses procès[1]… ; Mes Florand, Achaoui, Paturel, Goni, Garay… (Témoins de Jéhovah) ; Me Schnerb (Invitation à la vie). Quant à l'avocat suisse Me Barillon, après avoir été avocat de l'Église de Scientologie, il se retrouve celui des victimes de l'Ordre du Temple solaire !

Pourquoi ces avocats défendent-ils les organisations sectaires ? Certains sont sans doute motivés par les honoraires substantiels versés par ces associations florissantes. Mais l'argent n'est pas tout. Nous pouvons supposer que ces avocats sont piégés par la puissance de persuasion et de séduction de ces groupes. Certains se laissent intoxiquer par les analyses d'universitaires dont les diplômes servent de boucliers aux sectes, ou de quelques juristes qui, utilisant l'éternelle confusion secte et religion, prétendent que l'on porte, en les attaquant, atteinte aux libertés fondamentales. Les sectes sont alors utilisées par des avocats qui se disent « défenseurs des minorités ». Citons Me Florand qui met sur le même plan les Témoins de Jéhovah et les homosexuels[2] (ignore-t-il que l'homosexualité est condamnée par l'association Les Témoins de Jéhovah ?). Ces avocats rejoignent et

1. Également avocat de Le Floch-Prigent et de Crozemarie.
2. *Homosexuels, 101 réponses pratiques*, par Me Jean-Marc Florand et Me Karim Achaoui.

alimentent, par ce biais de la « défense des minorités », la thèse brandie par le syndicat des sectes, la FIREPHIM (Fédération internationale des religions et philosophies minoritaires), qui réunit scientologues, moonistes, raëliens…

Nous pouvons également supposer, chez ces avocats – mais aussi chez combien de magistrats, de policiers et de travailleurs sociaux –, une méconnaissance du phénomène sectaire, qui les conduit à le banaliser. *« Il paraît indispensable, à cet égard,* note le rapport parlementaire sur les sectes publié en janvier 1996, *qu'une formation spécifique soit également prodiguée aux élèves de l'École nationale de la magistrature… »*

Mais il y a aussi les avocats qui se trouvent sur une même longueur d'onde politique, idéologique. Les sectes jouent sur ces affinités. Et il y a les avocats qui sont adeptes des sectes qu'ils défendent comme, par exemple, Me Brigitte Bouvier pour l'Église de Scientologie, ou Me Goni et sans doute Me Garay[1] pour les Témoins de Jéhovah…

La justification, en dernier recours, de ces avocats,

1. En avril 1994, l'adresse de Me Goni et Garay était 14 ter, rue du Point-du-Jour, à Boulogne-Billancourt, c'est-à-dire au siège social de l'association cultuelle Les Témoins de Jéhovah de France ! Depuis, Me Garay s'est installé dans le VIIIe arrondissement, à une adresse où l'on retrouve d'autres avocats des Témoins de Jéhovah : Me Florand et Me Achaoui.

est que « tout citoyen a droit à être défendu ». Fort bien, tout citoyen a droit à être défendu…

À la question posée à Me Inschauspé par *Secrets et Société* : *« Si l'ADFI ou le CCMM*[1] *vous demandaient de les défendre, l'accepteriez-vous ? »*, l'avocat répondait : *« Certainement pas ! »*

1. Centre de documentation, d'éducation et d'action contre les manipulations mentales.

Le 8 décembre, en butte aux « tracasseries administratives » et aux témoignages de certains adeptes sur la moralité de son gourou Gilbert Bourdin, la secte des Chevaliers du Lotus d'or se refermait davantage sur elle-même. Comme un journaliste me demandait si la secte pourrait se retrouver dans une situation identique à celle de l'Ordre du Temple solaire, de Waco ou de Guyana – en clair : s'il n'y aurait pas danger de suicide collectif[1] –, je répondis que le suicide, comme ultime liberté de l'individu, n'existait à l'intérieur d'aucune secte. En revanche, celui-ci peut être ordonné. Les neuf cent treize victimes de la secte de Guyana avaient répété sur ordre quarante-deux fois la

1. Les menaces de violence se préciseront encore, le 22 mai 1996, lorsque S. M. Hamsananda, « messie cosmoplanétaire de synthèse », alias Gilbert Bourdin, se disant victime du complot des forces terrestres et judiciaires, menacera de renoncer à sa mission terrestre et « de casser les statues ou de les faire exploser ».

scène de leur suicide. Le jour décidé par Jim Jones, des gardiens interdisaient la sortie, mitraillette au poing, et ceux qui ne prenaient pas le poison étaient abattus.

Mais j'aurais dû ajouter que le désir de mort est au cœur de toute secte, comme de toute volonté de puissance. Les gourous, se présentant comme la réincarnation de Dieu, ne peuvent avoir d'héritier. Comme le disait Hitler dans *Propos de tables* : *« Pour qui n'a pas d'héritier, mieux vaut très certainement se laisser brûler dans l'incendie de sa maison avec tous ses biens, comme sur un splendide bûcher funéraire. »*

> → Sri Chinmoy, 19 mai 1978 : *« Je n'ai pas le cœur ou je n'ai pas le pouvoir comme Sri Krishna de vous détruire, vous, les miens. Je sais seulement comment me détruire moi-même. Mais, après mon départ, vous vous détruirez les uns les autres, tous ceux d'entre vous, tous ceux qu'on appelle ma famille spirituelle, ici, là, ailleurs, partout dans le monde entier. »*

« Suicider » les adeptes est d'autant plus facile que l'aliénation, le conformisme absolu auxquels ils sont parfois arrivés les rend incapables de ressentir la peur de la mort.

« *Lorsqu'on est mort, on n'a plus besoin d'avoir peur, n'est-ce pas ?* se disait une jeune hitlérienne. *Non, évidemment ! Maintenant je suis morte à moi-même*[1]... » D'ailleurs, s'agit-il encore pour eux d'une mort ? Si un adepte croit à son immortalité et se jette du dixième étage, peut-on appeler cela un suicide ? Les adeptes de l'Ordre du temple solaire appelaient cela un « transit ».

Didier Lerouge, ancien adepte de l'Église de Scientologie, me disait en 1993 : « Comme on m'avait fait croire à la réincarnation, un jour où ça allait très mal, j'ai dit à l'officier d'éthique : "Je crois que la meilleure solution pour moi est de mourir et de me réincarner dans une peau meilleure. Après, je pourrais être un meilleur scientologue[2]." »

1. Cité par Hofer, in *Sécularisation et religions politiques*, Jean-Pierre Sironneau, Mouton.

2. In *Le Grand Décervelage, enquête pour combattre les sectes, op. cit.*

« [...] Dès que les sirènes annonçaient l'approche des bombardiers ennemis, tous les pauvres petits oiseaux de Naples allaient se réfugier dans les tabernacles. C'étaient des moineaux, c'étaient des hirondelles, au plumage ébouriffé, aux yeux ronds et brillants sous la paupière blanche. Ils s'y cachaient comme dans un nid, serrés l'un contre l'autre, tremblants, parmi les statuettes de cire et de papier mâché des âmes du Purgatoire. »

Curzio MALAPARTE,
La Peau.

Les 14 et 15 janvier 1995, Jean-Marie Le Pen donnait le coup d'envoi de sa campagne présidentielle à Tours. Thème principal : éviter la *« grande catastrophe »* en inscrivant la *« préférence nationale »* dans la Constitution.

Tous les mouvements totalitarisants brandissent la menace de la « grande catastrophe » et prophétisent le Paradis terrestre aux élus. Mais ce « millenium » n'est réalisable qu'après un second et ultime big bang.

Le Paradis des travailleurs d'Arlette Laguiller est, suivant la prophétie[1] de Karl Marx, réalisable par l'instauration de la dictature des « travailleurs » : « *Les travailleurs devront détruire l'appareil d'État de la bourgeoisie, c'est-à-dire son gouvernement, mais aussi son Parlement, ses tribunaux, sa police, son armée et exercer eux-mêmes, directement, le pouvoir, car le bulletin de vote ne peut pas changer la vie*[2]. »

Les sectes sont également révolutionnaires. En scientologie, la prédiction est établie avec certitude. La « clarification » de la planète est inéluctable.

Ron Hubbard annonce, en 1980 :

> « *Il reste au monde cinq années si l'on est optimiste, et deux années si l'on est pessimiste.*
>
> « *Après cela, Boum ou peut-être juste un gémissement.*
>
> « *Une poignée d'entre nous s'acharne pour vaincre cette échéance, la Terre.* [...]

1. « *Marx avait prédit que le communisme* [...] *en tant que forme de dictature du prolétariat, devait se réaliser. C'était une nécessité qui, à travers l'étude de l'histoire et de l'économie, pouvait être établie avec certitude. Elle pouvait être démontrée. Le communisme est une chose qui* doit *advenir. Le capitalisme est une forme de société inacceptable, qui* doit *prendre fin, qui* doit *être détruite par les communistes...* » (Karl Popper, *La Leçon de ce siècle,* « 10/18 ».)

2. Encart des bulletins d'abonnement de l'hebdomadaire *Lutte ouvrière,* 1994.

« Notre chance est, au mieux, une chance infime.

[...]

« Nous savons que chaque minute est comptée.

« Nous avons l'intention d'écarter tout obstacle de la route, peu importe son ampleur, pour obtenir une civilisation capable de survivre... [1] »

Cela ne signifie pas pour autant que les sectes ou les partis totalitaires soient des religions politiques. Ils ne font qu'exploiter, pour légitimiser leur autorité – et comme pédagogie de masse – un élément situé au cœur de la religion judéo-chrétienne : la doctrine de l'enfer.

Le bimensuel des Témoins de Jéhovah, *La Tour de garde*, décrit le châtiment réservé à l'adepte « exclu » : *« Leur chair tombera en pourriture tandis qu'ils seront sur leurs pieds, leurs yeux tomberont en pourriture dans leurs orbites et leur langue en pourriture dans leur bouche. »* L'omniprésence de Satan balise le chemin jéhoviste qui mène au salut comme le faisaient les bûchers de la sorcellerie.

Dans la secte des Trois-Saints-Cœurs, Roger Melchior faisait vivre ses adeptes dans la terreur de périr « avec le commun des mortels ». *« Cela signifiait, en outre, d'atroces douleurs (le feu éternel), des périodes de persécutions équivalentes aux tortures des prisonniers dans les camps de la mort ; tout un flot*

1. *Cinq années*, texte émanant de la Sea Organisation.

d'atrocités qui impressionnent suffisamment un adepte pour lui retirer toute envie de s'écarter de la voie dictée[1]. »

Mais l'enfer est exploité par toutes les sectes, que leur masque soit écologique, éthique ou psychanalytique. Ainsi Ron Hubbard écrivait, en 1973 : *« La punition pour nos échecs est la condamnation à une éternité de douleurs et d'amnésie pour nous-mêmes, pour nos amis, et pour cette planète* [2]. »

John Atack raconte, dans *A Piece of Blue Sky*, que les responsables scientologues ayant commis une faute grave étaient déportés à « Happy Valley », un camp retiré à l'intérieur d'une réserve indienne pas loin de Gilman. Ces adeptes étaient étroitement surveillés par des gardes qui leur disaient que, s'ils quittaient le camp, ils seraient déclarés « suppressifs[3] pour toute l'Éternité[4] » .

1. Entretien de l'auteur avec Aloïs B. Le sujet du mémoire de licence en sciences politiques et sociales du gourou de cette secte était justement : « La terreur comme système de domination » !

2. Lettre de règlement du HCO du 30 juillet 1973.

3. « *Personne suppressive :* quelqu'un qui cherche activement à opprimer ou à démolir la Scientologie ou un scientologue... » (Ron Hubbard, *Introduction à l'éthique de la scientologie*.) Cette personne sera en but à toutes les persécutions de l'Église de Scientologie.

4. Notre peine de « substitution » à l'exécution capitale, dite « peine perpétuelle réelle », obtenue par certains députés en 1993, ressemble à l'enfer sectaire... Elle se fonde, puisque le criminel n'est susceptible d'aucun rachat, sur la dangereuse théorie du « criminel né ».

Les 14 et 15 janvier, Jean-Marie Le Pen proposait des solutions simples pour résoudre les problèmes économiques : rapatrier « *trois millions d'immigrés dans leur pays...* » Comment ne pas penser au point 7 du programme du parti national-socialiste allemand ? « *S'il est impossible de nourrir l'ensemble de la population de l'État, il faut expulser les ressortissants des nations étrangères...* »

On trouve plus radical encore dans la doctrine de l'Église de Scientologie : « [...] *La loi n'accordera des droits civiques et de citoyenneté qu'aux personnes dépourvues d'aberrations* (c'est-à-dire passées par toutes les étapes de la thérapie scientologue)[1] ».

1. *La Dianétique.* Aberration : « *Fait de s'écarter d'une ligne de conduite ou d'une ligne de pensée rationnelle. Antonyme : santé d'esprit* » (définition scientologue).

« Il y a les prisons qui ont des barreaux, de solides barreaux, qu'on voit et qu'on peut scier. Et celles qui en ont d'invisibles qu'on ne peut saisir et secouer de rage, tandis qu'en souriant on vous dit : "Mais vous êtes libres, la porte est ouverte, vous pouvez sortir..." »

Claude BUFFET,
quelques mois avant son exécution, en 1972.

Les 14 et 15 janvier, Jean-Marie Le Pen promettait, en ce qui concerne la sécurité publique, « *l'arrestation* des *bandes ethniques, les prisons construites, les frontières contrôlées, la peine de mort rétablie* ».

Le problème qui se pose en priorité aux sectes comme aux partis extrémistes, dans leur logique d'épuration et de purification, est de détecter les « criminels ».

De même que les manuels de démonologie des juges du Moyen Âge prévoyaient toutes les situations, pensant les sorciers capables de prendre les formes les plus trompeuses, Ron Hubbard livre en détail à ses adeptes, dans son *Introduction à l'éthique de la scientologie*, les « attributs » de « la personnalité anti-sociale, l'anti-scientologue » :

1) Elles ne parlent que par *« vastes généralités »* ;

2) Elles diffusent de mauvaises nouvelles et font des commentaires hostiles à la Scientologie ;

3) Elles interceptent les bonnes nouvelles et transmettent seulement les mauvaises *« qui sont en fait de pures inventions »* ;

4) *« L'une des caractéristiques, plutôt triste, de la personne anti-sociale est qu'elle ne réagit ni à un traitement, ni à une tentative d'amendement, ni à une psychothérapie »* ;

5) Les personnes de son entourage tombent malades, deviennent folles, *« se comportent comme des infirmes »* ;

6) Elles choisissent *« la mauvaise cible »* ;

7) Elles sont incapables d'aller au bout de leurs projets ;

8) Elles ne se sentent pas responsables de leurs crimes ;

9) *« La personnalité anti-sociale ne soutient que les groupes destructifs ; elle s'emporte contre tous les groupes constructifs ou voués au progrès et les attaque »* ;

10) Elles n'approuvent que les actions destructrices ;

11) Elles n'aident pas les autres mais soutiennent *« intensément des activités soi-disant utiles qui, en fait, détruisent »* ;

12) Elles ont un *« mauvais sens de la propriété »*.

Raël, gourou du Mouvement raëlien français, propose *« que chaque individu dispose d'une carte d'identité génétique et chromosomique indiquant les caractéristiques, les maladies, les déformations et les tares de son ascendance jusqu'à la septième génération l'ayant précédé*[1] *»*.

Le Reichsführer SS Himmler exigeait des candidats SS qu'ils justifient leur généalogie jusqu'en 1750.

Une fois détectés les criminels, un autre problème se pose : qu'en faire ? Raël préconise, dans *La Géniocratie*, de leur inoculer des substances chimiques qui supprimeraient l'agressivité. Il ne fait ainsi que radicaliser des tendances présectaires de nos démocraties, comme le montre la mise au point par des médecins américains d'une amphétamine, dite « pilule d'obéissance », pour enfants turbulents, bavards ou étourdis.

La pensée de Ron Hubbard est plus en accord avec

1. *La Géniocratie*, Vaduz, Fondation raëlienne, 1978.

la finalité totalitaire. Sa volonté n'est pas d'enfermer l'individu dans une camisole chimique, mais de le transformer en... scientologue. Estimant que *« l'homme ne peut être tenu pour responsable de ses actes que s'il vit dans une société exclusivement composée de gens dépourvus d'aberrations et dans une culture dont on aurait gommé toute irrationalité »*, il préconise de *« condamner l'individu, non pas à s'exposer à des aberrations supplémentaires dans quelque prison, mais à devenir raisonnable et à se débarrasser de ses aberrations »*.

Comprenons par là qu'il s'agit de rééducation. Les camps de concentration nazi avaient uniquement, jusqu'à la guerre, cette finalité éducative. *« Nous devons éduquer, éduquer, éduquer*[1] *»*, avait coutume de dire Himmler, considérant les camps de concentration avec une certaine prédilection, comme une sorte d'école sociale de la nation.

En fait, cette justice est infaillible parce qu'elle n'est plus humaine. Il ne s'agit pas de savoir si un homme a commis ou non un délit, mais de le transformer en une mécanique mue par les principes de la nouvelle loi. Pour cette même raison, comparer les méfaits des sectes à ceux de la drogue, ou dire que les sectes utiliseraient des substances hallucinogènes pour manipuler les adeptes est, sur le fond, une

1. C. Fest citant H. Heiber in *Reichsführer : ... brief an und von Heinrich Himmler.*

erreur. Le but de la secte n'est pas d'apporter l'oubli ou l'ailleurs à l'adepte, mais de le transformer ici et maintenant ; ce « transfo » – la manipulation mentale – est actionné par ses « ingénieurs en émotions ».

Ce qui terrorise le plus Winston Smith dans sa résistance au gouvernement totalitaire de Big Brother – ce leader imaginé par George Orwell dans *1984* –, c'est la Police de la Pensée. Son bref combat ne se terminera d'ailleurs ni par la mort ni par la prison à vie :

> *« La lutte était terminée.*
> *« Il avait remporté la victoire sur lui-même.*
> *« Il aimait Big Brother. »*

Néanmoins, pour la catégorie des criminels incurables qui ne réagissent, comme l'écrit Ron Hubbard, « *ni à un traitement, ni à une tentative d'amendement, ni à une psychothérapie* », c'est-à-dire réfractaires à la manipulation mentale, l'Église de Scientologie propose l'isolement : « *Si la société reconnaissait que ce genre de personne est un malade à isoler comme on isole actuellement les varioleux, on assisterait à un redressement économique et social*[1]. » Dans un même esprit, Jean-Marie Le Pen, lorsque apparurent les premières nouvelles d'épidémie du virus du sida, proposa l'ouverture d'un « sidatorium »...

1. Ron Hubbard, *Introduction à l'éthique de la scientologie*.

Qu'est-ce que l'isolement scientologue ?

→ En décembre 1948, la philosophe et théoricienne du politique Hannah Arendt avait déposé un « Projet de recherche sur les camps de concentration ». La cinquième et dernière perspective était intitulée : *« Signification de l'aménagement de "trappes d'oubli", par opposition au simple meurtre. »*

Souhaitons ne jamais le savoir.

Le 8 février, le tribunal de grande instance de Paris déboute Mme veuve Marie-Claire Ricci[1], qui assignait le père Jacques Trouslard et *Le Nouvel Observateur* pour atteinte à la vie privée.

Les attendus du tribunal intéressent toute personne désirant informer sur les sectes :

> *« Le développement des sectes ou associations spirituelles constitue dans les sociétés occidentales, en particulier, un phénomène de société qui donne à l'information, qui peut être publiée, un caractère légitime* [...].

1. Condamnée aux dépens et à verser 8000 francs aux défendeurs, Mme Ricci interjeta appel.

«Leur prosélytisme, plus ou moins discret, les place dans la sphère de la vie publique et non dans le cercle de la vie privée [...].

«L'appartenance de personnalités à ces groupements constitue, en soi, une information éclairant le phénomène et sa portée.»

« En fait la voie passe par un fil qui n'est pas tendu en hauteur, mais très près du sol, plus là pour faire trébucher que pour être franchi. »

Franz KAFKA,
Aphorismes.

Le 13 février, j'assistais au Press Club de France à la présentation par Maria del Carmen Tapia de son livre sur l'Opus Dei : *Au-delà du seuil. Une vie dans l'Opus Dei*[1].

Maria del Carmen Tapia, membre de l'Opus Dei de 1948 à 1966, fut l'une des plus proches collaboratrices du fondateur de l'« Œuvre » – Josemaria Escriva de Balaguer, béatifié en mai 1992 – et première directrice du bureau central de la section féminine de l'Opus Dei. Entre autres intervenants à cette conférence de presse, on trouvait Me Giuseppe Acerbi, avocat à Milan, et le père Jacques Trouslard.

1. Paru en Espagne en 1992.

On trouvait dans le dossier de presse :

– La mise en garde épiscopale contre l'Opus Dei du cardinal Hume, archevêque de Westminster, en 1981.

– L'appréciation défavorable du père J. Thomas (jésuite, ancien directeur des *Études*), écrivant qu'il y avait *« un risque réel à voir l'Opus Dei constituer une sorte d'"Église dans l'Église* [1]*" »*.

– Un article du père Henri Denis, théologien, du diocèse de Lyon, estimant que *« l'on ne peut à la fois défendre Vatican II et l'Opus Dei »*. Et qu'il y avait, dans l'Opus Dei, *« une pratique que l'on condamnerait aussitôt si l'on nous disait qu'il s'agit d'une Église comme celle de la Scientologie : les membres du groupe doivent se confesser tous les huit jours à un prêtre de l'Opus Dei. Cela est contraire à toute pratique de notre Église relativement à la vie religieuse, où l'on peut toujours faire appel à un confesseur extérieur à la congrégation. Il s'agit donc bien de quelque chose qui identifie le groupe à une secte* [2]*… »*

– La position du père Jacques Trouslard insistant sur l'endoctrinement, la rupture avec la famille, le prosélytisme exacerbé, l'aspect financier, la stratégie d'infiltration, le culte de la personnalité.

– Et cet extrait d'un procès instruit à la suite de la demande en séparation introduite par une épouse, adepte de l'Opus Dei, devant le tribunal de Milan. Le

1. *Panorama*, juillet-août 1992.
2. *La Croix, l'Événement*, 16 juin 1992.

défendeur du mari avait énuméré les pratiques suivantes de l'Opus Dei « *contraires à la dignité, liberté, croissance, équilibre et développement physique et psychique des enfants* » :

– intégrisme ;

– élitarisme ;

– politique de classe ;

– sanctification de l'institution et de son fondateur ;

– exaltation de la virilité et, par opposition, dégradation du rôle de la femme ;

– usage d'instruments violents de mortification corporelle pour les Asssociés numéraires (cilice sur la cuisse deux heures par jour et fouet dans le dos le samedi) ;

– contrôle des consciences ;

– abus de la confidence et de la naïveté des jeunes aux fins de prosélytisme ;

– adhésion à partir de l'âge de la puberté ;

– non-information aux parents ;

– usurpation du rôle et de l'image de la famille ;

– graves limitations à la liberté de la culture ;

– soumission totale par l'intermédiaire d'une pratique exaspérée de l'obéissance ;

– difficulté de sortir ;

– double vérité ;

– exaspération du secret ;

– régression et annulation de la personne dans l'Institution...

* *
*

Aucun grand journal français ne reprit cette conférence de presse, sauf *La Croix*[1] dans un article signé Jean Vernette, délégué de l'épiscopat français pour les questions concernant les sectes et nouvelles croyances : « [...] *On rassemble sous la même dénomination accusatrice de "sectes", en les assimilant à quelques groupes totalitaires à forte dangerosité, des mouvements qui n'ont rien de commun entre eux ou qui ne relèvent pas de cette accusation, sociologiquement, doctrinalement, ou du point de vue des droits de l'homme. N'a-t-on pas vu encore récemment, dans certains reportages, amalgamer avec le Mandarom* [Chevaliers du Lotus d'or] *et des sectes sataniques, des groupes comme l'Opus Dei, l'Office culturel de Cluny*[2] *et quelques autres ?* »

1. Le 15 mars 1995.

2. L'Office culturel de Cluny-Fédération nationale d'animation globale est qualifié de mouvement sectaire dans le rapport parlementaire de janvier 1996, *Les Sectes en France*. À la suite de plaintes provenant de familles, d'anciens adeptes et d'organismes divers, le père Trouslard rédigea une attestation mentionnant la manipulation mentale exercée dans cette secte : endoctrinement, études intensives et prières jusqu'à des heures tardives, obéissance aveugle occasionnant des troubles psychiques pouvant mener jusqu'à l'hospitalisation; coupure avec les proches, tromperie spirituelle qui laisse penser que l'OCC

Comment peut-on, en effet, amalgamer l'Opus Dei ou l'Office culturel de Cluny à des sectes comme les Chevaliers du Lotus d'or – où le gourou a été mis en examen pour viols –, au paroxysme de l'Ordre du Temple solaire, au Temple du peuple (923 morts), à la secte des Davidsoniens (88 morts) ?... Cette stratégie du père Vernette consistant à « dénoncer l'amalgame » est caractéristique des défenseurs de sectes pseudo-catholiques.

Un autre exemple de défense de l'Opus Dei est donné, dans *La France catholique* de mars 1995, par Jacques Mathé (alias Hugues Rondeau, devenu codirecteur du journal satirique d'extrême droite *Le Crapouillot)* : *« Les catholiques sont donc invités à trancher la délicate question des sectes à l'aune de l'esprit ecclésial. L'invitation devrait faire taire les atteintes un peu simples qui conduisent certains, dans les rangs mêmes de l'Église, a émettre des soupçons sur la nature sectaire de l'Opus Dei. »*

Et pourtant, l'Opus Dei ou l'OCC sont assimilables à ces sectes extravagantes ou tragiques auxquelles les médias consacrent leurs reportages : Chevaliers du Lotus d'or, Ordre du Temple solaire... À condition

---

serait une « communauté catholique », et manœuvres financières peu limpides... À noter que cet Office n'a rien à voir avec la célèbre abbaye cistercienne. Il tient son nom du « Cluny », un café-restaurant du boulevard Saint-Michel, à Paris, où se réunissaient ses fondateurs...

d'abandonner, dans son combat contre les sectes, le terrain doctrinal, pour ne s'occuper que des droits et de la dignité de l'homme. Avec ce point d'Archimède, le père Jacques Trouslard (implicitement visé dans l'article de Jacques Mathé) soulève le masque de ces mouvements habilement cachés derrière l'orthodoxie de leur doctrine.

Les défenseurs de l'Opus Dei et des sectes pseudo-catholiques ne traitent, en fait, ces organisations qu'à l'aune de la « doctrine » et non de l'« esprit » ecclésial : si un mouvement se réfère à la doctrine de l'Église catholique, il est d'office exempt, à leurs yeux, de dérives sectaires. Pour ce faire, ils ont besoin d'arguments d'autorité. Un homme comme le père Vernette se prétend, comme Massimo Introvigne, un « spécialiste international » des sectes et nouveaux mouvements religieux. Il dit même avoir été le premier à alerter sur le danger des « nouvelles sectes », il y a vingt-cinq ans. Alors que Maurice Colinon, spécialiste des sectes avant 1950, publiait, en 1953, *Faux prophètes et sectes aujourd'hui* ; que, en 1951, la Ligue catholique de l'Évangile lançait sur toute la France une enquête sur les nouvelles sectes… Et que, en 1954, le père Chery publiait *L'Offensive des sectes*…

Il se veut sociologue, donc observateur et neutre. Théologien, donc uniquement intéressé par l'incompatibilité doctrinale. Mais combattre les sectes au seul nom de cette incompatibilité reviendrait à utiliser la religion comme critère absolu, pour faire des distinctions intellectuelles et morales discutables, et entacherait la lutte de fanatisme. Alors, pris dans ces forces contraires qui semblent annihiler en eux tout esprit de résistance, ces hommes regardent les sectes avec une « neutralité bienveillante » qui confine à la complaisance…

Le père Jean Vernette donnait un exemple de cette absolution de certaines sectes notoirement destructrices dans le journal *La Croix* : *« L'intérêt pour Jésus ne se dément pas.* […] *On peut le rapprocher de l'intérêt pour le Maître de Nazareth qui se manifeste dans la nouvelle religiosité et les nouvelles croyances.* […] *Les voici, doux et obstinés, frappant à nos portes, le nom de Jésus sur les lèvres et la Bible sous le bras. On les appelle Témoins de Jéhovah*[1] […]

«[…] *les visages de Jésus que vous découvrirez en fréquentant ces nouveaux groupes religieux sont multiples. Certains l'évoquent en compagnie de Vishnou ou de Mohammed sur fond de cymbales et odeurs d'encens, dévots de Krishna ou fidèles du Mandarom en Provence, le "temple de la religion universelle"… »*

Évidemment, ce religieux chicane : *« Le visage du Christ perd tout relief »*… *«ce n'est plus en tout cas le Jésus de l'Évangile »*… Mais il conclut, *« en croyant*

1. C'est nous qui soulignons.

des Églises chrétiennes, respectueux de ces appréciations divergentes », que ces sectes représentent une *« nouvelle religiosité »* et sont *« l'une des formes du sentiment religieux vers laquelle se dirige massivement l'Occident en cette fin de millénaire »*.

« *Massivement* » ! N'est-ce pas justement à quoi visent les mouvements totalitaires ? Cet article, comme tant d'autres, illustre également le danger politique d'une telle attitude.

Ces hommes vont même, pour donner une cohérence à leur neutralité bienveillante, proposer (au nom de la charité chrétienne !) un « dialogue interreligieux » avec les organisations sectaires ! Et, pour faciliter ce dialogue, remplacer progressivement le mot « secte » par « nouveau mouvement religieux [1] »...

Je préfère la réponse de François Mitterrand à Elie Wiesel en dernière page du livre *Mémoire à deux voix*, opposant les sectes à la foi et pressentant le totalitarisme inhérent à ces organisations : *« [...] L'absence de foi provoquera la multiplication des sectes. Beaucoup attendront un thaumaturge comme lors des grandes tragédies du Moyen Âge. Espérons que nous n'assisterons à aucun débordement politique comme ce fut le cas en Allemagne en 1933. »*

1. À la dernière session des délégués « Pastorale et sectes », le père Vernette tenta de remplacer cette appellation par « Pastorale et nouvelles croyances ».

Le 14 février, je rencontrai grand-mère et grand-père Courage. Ce couple lutta pied à pied pour sauver leurs petits-enfants d'une secte pseudo-protestante particulièrement violente : La Citadelle. Grâce à leur ténacité[1], le calvaire de ces enfants prendra fin en septembre 1989. Pour les autres enfants de la secte, il faudra attendre un matin de février 1993 pour que la police intervienne et les place à la DDASS.

Avant cela, ces enfants de quatre et cinq ans apportaient un témoignage que seuls leurs grands-parents pouvaient entendre. Ils enregistrèrent à plusieurs reprises leurs conversations. En voici un extrait...

1. La secte leur intenta une multitude de procès. En quatre ans : quarante-deux décisions de justice. (Ils gagnèrent tous leurs procès sur le fond.)

2 AOÛT 1989

La scène se passe en voiture. Sur le trajet du Jardin d'acclimatation. Cathy : 5 ans ; Nadine : 4 ans ; Georges : le grand-père.

Cathy et Nadine *(chantant et riant)* : Pipon ! Pipon !

Georges : C'est vrai que votre maman vous parle pas, mes puces ?

Cathy : Oui.

Georges : Elle vous apprend rien ?

Cathy : Non.

Georges : Pourquoi ?

Cathy : Elle nous apprend pas à écrire, hein !

Nadine : Elle nous apprend que LA BIBLE ET C'EST TOUT[1] !

Georges : Que la Bible ?

Cathy et Nadine : Ouais !

Georges : Pas tellement intéressant ?

Nadine : Oh ! Non !

Georges : Et votre papa, il vous parle beaucoup ?

Cathy et Nadine : NON. Jamais... Presque pas non plus.

Georges : Mais il vous donne des coups quand même ?

1. Les lettre capitales signifient que la personne parle très fort.

Cathy : Oui.

Georges : C'est parce que vous n'êtes pas gentilles ?

Cathy : SI !

Georges : Alors pourquoi il vous donne des coups de ceinture ?

Cathy : J'sais pas.

Nadine : J'sais pas.

Georges *(faisant le geste de frapper)* : ... Comme ça ?

Cathy et Nadine : Ouais.

Georges : ... Ben dis donc ! Mais qu'est-ce que vous faites alors, vous jouez ?

Nadine : ON S'ENNUIE !

Georges : Vous vous ennuyez. Vous avez le droit de jouer l'une avec l'autre ?

Cathy : NON.

Nadine : NON.

Georges : Ni avec les autres petits enfants ?

Cathy : NON.

Nadine : NON.

...

Georges : Vous pouvez pas jouer toutes les deux alors ?

Nadine : ON EST SÉPARÉES COMPLÈTEMENT. Complètement séparées.

...

Nadine *(parlant de son père)* : Il nous parle pas et il nous gronde !

Georges : Et il vous donne des coups de ceinture alors ?

Nadine : OUI, COMME MADAME DÉLIA[1].

Georges : Comme Madame Délia ?

Nadine : Oui.

Cathy : Oui.

Georges : Ça vous fait pas mal quand même ?

Cathy et Nadine : Oh si !

Georges : C'est sur les fesses ou bien sur le dos ?

Cathy : Sur le dos et sur les fesses.

Georges : Et il vous déshabille ?

Cathy : Oui.

...

13 AOÛT 1989

Cathy, Nadine, leur petit frère Gabriel (22 mois) et leur grand-père Georges. Georges et sa femme ramènent, la mort dans l'âme, au siège de la secte, leurs petits-enfants.

Nadine : QUAND ÇA VA FINIR ?

Georges : Quoi ?

1. Mme Délia Mihaïes, dirigeante de cette secte.

Nadine : DE BATTRE LES PETITS ENFANTS !

Georges : J'espère que ça finira un jour, mon cœur, ça finira sûrement… PARCE QU'IL Y AURA DES GENS QUI VONT SE FÂCHER… Qui vont bien se fâcher… Alors là… Cette fois-ci…

Cathy : MAIS TU L'AS DIT À DES GENS, HEIN !

Georges : Ben, on va peut-être se fâcher si ça continue, hein ! Ils vont vous battre en arrivant sans doute ?…

Nadine : Oh oui, ils vont nous battre.

Georges : Parce que vous venez de chez papy et mamy ?

Cathy : Oh oui !

Georges : Mais pas le petit Gabriel !

Cathy : Si, si.

Georges : Même le petit aussi ? Il a rien fait… Il est très gentil…

* *
*

Georges : ON PENSERA À VOUS CE SOIR, hein !

Cathy : OUI !

Georges : Beaucoup, on espère que vous serez pas battus !

Cathy : MAIS ON SERA BATTUS, hein !

Georges : Vous serez battus, mais on pourra pas vous aider, mon cœur, parce qu'on connaît pas le numéro de téléphone et on connaît pas l'adresse de tes parents…

Cathy : L'adresse ?… C'est quoi ?

Georges : Là où ils habitent, on sait pas… Ils veulent pas nous le dire…

Cathy : … MOI J'SAIS PAS LIRE. MAIS QUAND JE SAURAI LIRE !…

Georges : Ce sera mieux, mon cœur.

Cathy : PEUT-ÊTRE QUE JE SAURAI LE NUMÉRO !

Le procès de la secte La Citadelle commencera le 18 février 1995, devant le tribunal correctionnel de Versailles. Mme Délia Mihaïes, la gourelle, et Mme Esther Antoine, une adepte, sont mises en examen pour coups et blessures volontaires sur mineurs, séquestration de moins de sept jours et défaut de soins. Un autre adepte, M. Axel Schmidt, pour coups et blessures volontaires sur mineurs et défaut de soins.

15 février. Je repense à ces hommes qu'abusent les masques religieux des sectes, au point de baptiser ces organisations « NMR » (Nouveaux mouvements religieux). Pour le professeur Jean Baubérot[1], par exemple, une secte est du religieux *« non conforme à la vision dominante »*. Et de comparer les gourous à saint François d'Assise qui *« a eu maille à partir avec l'Église catholique*[2] *»* !

Cette position nie dangereusement le concept même de manipulation mentale, dont le mécanisme maintenant bien connu se décompose en séduction de l'adepte, puis destruction/reconstruction de celui-ci à l'image de la secte. Dangereuse attitude intellectuelle, car le concept de manipulation mentale cristallise le consensus anti-secte, de même que

1. Professeur à l'École pratique des hautes études et directeur du groupe de sociologie des religions et de la laïcité au CNRS.

2. *Le Figaro*, 4 juillet 1996.

l'existence des chambres à gaz est le consensus autour duquel se réunissent tous les antinazis, quelle que soit leur couleur politique.

SÉDUCTION

Le masque religieux séduit des êtres en manque de transcendance, croyant retrouver la religion sous une forme plus brûlante et plus pure. Le gourou se présente souvent comme la réincarnation du Christ ou de Bouddha. Quel plus grand espoir peut être apporté à une personne sans repères ? Prenons pour exemple Yvonne Trubert, dirigeante de la secte IVI (Invitation à la vie). Le 12 mars 1987, lors d'un séminaire à Cros, elle déclarait[1] :

« *Vous vous dites souvent : "Mais qui êtes-vous, Yvonne ? Qui êtes-vous ? Un guide ? Un prophète ? Vous ne répondez jamais à nos questions." Que pourrais-je vous dire, sinon ceci : "Croyez-vous qu'il est facile de venir sur la terre faire changer le monde ? Ce n'est pas une petite tâche. Si Dieu me l'a confiée, c'est qu'Il m'en donne la force. Et si je suis ici, sachez que vous saurez qui Je Suis. Peu importe le nom que vous me donnez, que vous m'attribuez. Pour l'instant, je suis la servante du Seigneur, et je m'appelle Yvonne. Le reste, vous le saurez plus tard."* »

1. Cassette animation n° 3 intitulée « La mission ».

Pour les adeptes d'IVI, Yvonne Trubert ne peut être que la réincarnation du Christ. Ses phrases ne sont pas innocentes. « Venir sur la terre faire changer le monde… Si Dieu me l'a confiée… », correspond exactement à *« Dieu a tant aimé le monde qu'Il a envoyé son fils sur la terre »*. Par ailleurs : « Je Suis », pour les Juifs comme pour les catholiques, est le nom de Dieu[1].

Terminant ce séminaire de Cros, Yvonne Trubert faisait ses adieux. Voici ses derniers mots : *« Le Maître veille, et sachez ceci : que vous aurez peut-être l'impression de me voir moins ou de me voir si peu. Mais n'oubliez pas : je suis là près de vous, à tout moment. Il suffit simplement de prier et je serai là. Alors avant de se quitter on va chanter. C'est notre façon de dire merci à Dieu, de nous ressourcer, tous unis, tous réunis, là, ensemble. »*

Et elle ajoutait : *« Encore un peu de temps et vous me verrez, encore un peu de temps et vous ne me verrez plus. »*

Ces dernières paroles, extraites de l'Évangile, sont celles du Christ au moment de l'Ascension, avant de quitter ses apôtres !

Avant elle, d'autres leaders surent tirer ces mêmes ficelles de l'identification au Christ. Quelle similitude

1. Dans de nombreuses sectes, il est dit très clairement que le gourou est la réincarnation du Christ. Un porte-parole de Raël écrit à ses « coreligionnaires » : *« Le Messie* [Raël] *est né en 1946, en France, et c'est pour cette raison que Hitler a voulu exterminer tous les Juifs d'Europe centrale, car il savait que le Messie allait naître à cette époque et qu'en le tuant il changerait la face de l'histoire. »*

entre ce discours d'Yvonne Trubert et celui du Führer aux dirigeants politiques de son parti, lors du rassemblement de Nuremberg en 1936[1] : « *Combien profondément nous éprouvons une fois de plus encore en cette heure le miracle qui nous a réunis tous ensemble ! Un jour vous entendîtes la voix d'un homme et elle parla à votre cœur ; elle vous a éveillés, et vous l'avez suivie. Année après année, vous l'avez suivie, sans même avoir vu celui qui parlait ; cette voix, vous l'avez entendue, et vous l'avez suivie.* »

Et il ajoutait : « *À présent que nous sommes rassemblés ici, nous voici émus par ces retrouvailles. Vous ne pouvez pas tous me voir, et je ne puis voir chacun d'entre vous... Mais je vous sens, et vous me sentez !* »

→ Selon la doctrine de l'AUCM (Association pour l'unification du christianisme mondial), Jésus-Christ aurait avoué à Sun Myung Moon avoir échoué dans sa mission, c'est-à-dire avoir vécu pauvrement et s'être fait crucifier au dernier moment, alors qu'il allait fonder la Nouvelle Famille. Pour cette raison, il aurait passé au révérend Moon le relais afin de réaliser la « Famille parfaite[2] ».

1. Cité in J.-P. Stern, *Hitler, le Fürher et le peuple,* Flammarion, coll. « Champs ».

2. Shoko Asahara, gourou de la secte japonaise Aum, disait avoir « réalisé » le christianisme : « *Jésus-Christ a été crucifié, mais moi, le prochain Christ, je ne serai pas crucifié, mais j'irai plus loin et je répandrai la vérité sur le monde entier.* »

> Nous retrouvons cette même doctrine dans cette dictée d'école communale sous le nazisme : *« Tel Jésus qui libéra les hommes du péché et de l'enfer, Hitler sauva le peuple allemand de sa perte : Jésus et Hitler furent persécutés, mais, tandis que Jésus fut crucifié, Hitler fut nommé chancelier du Reich. Alors que les disciples de Jésus renièrent et abandonnèrent leur maître, les seize camarades tombèrent pour leur Führer* [1]*.»*

Le deuxième intérêt que présente le masque religieux est d'espérer bénéficier des avantages financiers légalement accordés aux mouvements reconnus comme associations cultuelles[2]. Cette fois encore, les sectes trouvent des personnalités reconnues pour les seconder. Certains juristes s'appuient sur l'absence de définition juridique du mot secte pour assimiler les sectes à des religions.

La définition classique : *« Groupement religieux, clos sur lui-même, et créé en opposition à des idées et à des pratiques religieuses dominantes »*, permet au professeur Jacques Robert[3] d'étayer sa neutralité bienveillante et de donner un coup de pouce à l'Église de Scientologie…

1. In Jean-Pierre Sironneau, *Sécularisation et religions politiques*, *op. cit.* (Cité par Hofer)
2. Loi de 1905.
3. Membre du Conseil constitutionnel, président honoraire de l'université Panthéon-Assas.

Cette dernière avait demandé au professeur une consultation. Sa position fut catégorique : l'Église de Scientologie constituée d'une doctrine, d'une morale et d'un culte était une véritable religion. Donc ses responsables permanents étaient des « ministres du culte » et, au titre du respect de la liberté de pensée et de religion, on ne pouvait qu'appliquer la loi de 1978 sur la liberté de conscience et des cultes, de même que l'on devait appliquer l'article 9-1[1] de la Convention européenne de sauvegarde des droits de l'homme !

Malgré cela, trois ministères ne tinrent pas compte de la recommandation du professeur Jacques Robert, s'appuyant non pas sur les textes et les statuts donnés par l'Église de Scientologie, mais sur ses actes.

Au sein de l'Église catholique, on relève parfois une confusion du même ordre. Dans la première édition du *Dictionnaire des religions,* on trouvait sous la plume du père Yves de Gibon, un article réservé à l'Église de Scientologie[2] ! On peut regretter, en général, qu'aucune voix collégiale de l'Épiscopat français

1. « ... toute personne a droit à la liberté de pensée, de conscience et de religion ; ce droit implique la liberté de changer de religion ou de conviction individuellement ou collectivement... ».

2. PUF, janvier 1984 puis 1985. L'auteur était à l'époque chargé pour le diocèse de Paris du problème des sectes. Dans la dernière édition de septembre 1993, l'article consacré à l'Église de Scientologie a disparu.

n'alerte du danger des sectes[1], comme il le fait à propos du sida, du chômage, etc.

Enfin, le masque religieux permet aux sectes de se présenter comme des Églises persécutées. La dirigeante de la secte La Citadelle, Delia Mihaïes, obtint le soutien de la secrétaire du New Network International qui informe sur les chrétiens persécutés dans le monde ; celui du pasteur de l'Église pentecôtiste américaine de Paris ; de l'aumônier du Père-Lachaise, le père Marion ; de l'aumônier des prisons de Bois-d'Arcy, le père Aubry ; du chroniqueur judiciaire Frédéric Pottecher ; de deux pasteurs intégristes de Nouvelle-Zélande qui ameutèrent l'opinion publique de leur pays sur la barbarie de la justice française, etc.

L'Église de Scientologie, s'assimilant aux Juifs persécutés, mène régulièrement des campagnes sur le thème de la Shoah. Ses déclarations devant les commissions de l'ONU portèrent leurs fruits : l'avocat tunisien Abdelfatah Amor, rapporteur de la Commission des droits de l'homme pour les Nations unies en fin 1994, reprit ses arguments et accusa le gouvernement allemand de discrimination...

1. Le secrétariat général de la Conférence épiscopale française publiera, le 6 février 1996 : *L'Église catholique et les sectes*. Un texte malheureusement en réaction contre le rapport parlementaire *Les Sectes en France*.

Dans leur volonté de contrôler la globalité de l'homme, les sectes ne peuvent qu'entrer en conflit avec les Églises instituées. Elles luttent contre ces Églises de façon insidieuse, en les subvertissant de l'intérieur. Leur méthode fut exposée de manière lumineuse par le philosophe indien Rabindranâth Tagore dans un discours de 1937 : *« Le sectarisme, tel un parasite vorace, se nourrit de la religion dont il revêt l'apparence, et la vide si bien qu'on ne s'aperçoit pas qu'elle est morte. Il habite la carcasse décharnée, et en fait une forteresse*[1]. »

Ce système a un nom historique : le principe de la gnose. Reprendre, dans une religion majoritaire, les mêmes termes doctrinaux, les mêmes pratiques cultuelles, mais en les vidant de leur sens initial. Le baptême, dans la secte, devient, par exemple, « La Transmission du Plan Cellulaire » (Mouvement raëlien) ; la prière, à IVI, se fait « énergétique »...

La secte IVI attire ses adeptes – choisis par capillarité sociale dans un milieu bourgeois catholique traditionnel – en les faisant participer à des groupes de prière. Et la prière qu'on leur donne à réciter est

1. Suivant la même logique, les nazis, au début de leur gouvernement, pensaient également concilier le christianisme, les sciences, les arts, la psychologie à la doctrine de la race aryenne.

apparemment catholique puisqu'il s'agit du chapelet… Or, dans le livret édité par IVI intitulé *Savoir prier*, on découvre que cette prière est une vibration cosmique ! Il s'agit – contrairement à toute la tradition cultuelle chrétienne où les orants ont les mains jointes tournées vers le ciel, c'est-à-dire vers Dieu – de pointer les index vers le sol pour capter les énergies telluriques qui, par le système des chakras[1], vont remonter jusqu'au plexus solaire ! D'autre part, les adeptes prient en groupe en se serrant, en se donnant la main de manière à faire circuler l'énergie.

Tout cela est certes chaleureux (Marie de Hennezel, auteur du best-seller *La Mort intime*, ne dit-elle pas avoir redécouvert la prière à IVI ?), mais représente une escroquerie spirituelle. À l'opposé de la simple prière monothéiste, qui est l'expression d'une relation personnelle entre le croyant et Dieu, cette prière énergétique, abandonnant toute notion de transcendance, vise à faire de chacun un être divin.

Cette technique gnostique est autrement plus efficace qu'un athéisme militant. Hitler proposait de conserver de l'Église catholique « *ce qu'on peut conserver et réformer le reste. Par exemple, Pâques ne sera plus la Résurrection, mais l'éternelle rénovation de notre peuple. Noël sera la naissance* […] *de l'esprit*

1. « Points centraux du corps selon la physiologie du yoga tantrique », Reinhart Hummel, *Les Gourous*, Le Cerf.

d'héroïsme et d'affranchissement. Pensez-vous qu'ils n'enseigneront pas ainsi notre Dieu dans leurs églises, ces prêtres libéraux qui n'ont plus aucune croyance et qui exercent simplement une fonction ? Qu'ils ne remplaceront pas leur Croix par notre croix gammée ? Au lieu de célébrer le sang de leur Sauveur d'autrefois, ils célébreront le sang pur de notre peuple ; ils feront de leur hostie le symbole sacré des fruits de notre terre allemande et de la fraternité de notre peuple[1]. »

Ron Hubbard, dans un même esprit, ordonnait « [...] *que sur les lieux réservés au public apparaissent des évidences visuelles que la Scientologie est une religion. Tout membre du personnel qui est auditeur* [...] *doit être revêtu d'un costume traditionnel noir de ministre du culte, veste noire, col blanc, croix en argent* [...]. »

Pour les funérailles, il écrivait : « *Il faut respecter le même caractère officiel que pour un service à l'église et il faut utiliser le même protocole* [...], *Toutefois, l'ensemble du service peut être beaucoup moins long*[2]. »

Mais lorsqu'il s'agit non plus de copier des attitudes ou des objets, mais d'écrire des textes religieux originaux, c'est-à-dire de mettre un cœur sous les vêtements de culte, le faux apparaît jusqu'au ridicule. Comme dans ce texte pour une cérémonie de mariage,

1. In *Hitler m'a dit*, p. 66. Réponse de Hitler à Goebbels et Streicher retranscrite par Hermann Rauschning.

2. *La Scientologie en tant que religion.*

par exemple, où Ron Hubbard donne libre cours à une banale misogynie…

[Nom du marié], les filles ont besoin.
De vêtements, de nourriture,
De doux bonheur et de superflus :
Une casserole, un peigne, un chat peut-être,
Autant de caprices, si tu veux,
Mais elles en ont quand même besoin.
Y pourvoiras-tu ? [*Réponse*] [1].

Cette prière scientologue purement anthropocentrique, montre le peu de transcendance de cette Église :

> *« Nous, de l'Église, prions afin que le niveau de conscience de chaque être puisse s'épanouir et embrasser sa famille, le groupe, l'humanité, et les choses vivantes, l'univers physique et l'univers de l'esprit, et de ce fait atteindre à la connaissance de l'Être suprême. »*

Particulièrement si on la compare à ce passage du *Cantique du Soleil* de saint François d'Assise…

Loué sois-tu Mon Seigneur pour
sœur lune et les étoiles
Dans le ciel tu les a formées
claires et précieuses et belles

1. *La Scientologie en tant que religion, op. cit.*

Loué sois-tu Mon Seigneur pour
frère vent
Et pour l'air et le nuage et le
serein et tous les temps
Par lesquels à tes créatures tu
donnes sustentation [1].

Saint FRANÇOIS D'ASSISE

1. *Cantique du soleil*, version par Pierre Jean Jouve, G. L. M.

« Non seulement les comprachicos ôtaient à l'enfant son visage, mais ils lui ôtaient sa mémoire. »

Victor HUGO,
L'homme qui rit.

Le 18 février, Mme Délia Mihaïes, gourelle de la secte La Citadelle, Mme Esther Antoine et M. Axel Schmidt comparaissaient devant le tribunal correctionnel de Versailles [1].

Le procès commença par le témoignage de Dana S. La déposition écrite de ses parents était au centre du débat : *« D'octobre 1990 à mai 1991, notre fille a été enfermée dans la petite maison des gardiens, à l'entrée de la propriété qu'occupait la secte de La Citadelle au*

1. Cette secte avait fait appel, pour la défendre, à Me Collard. Les avocats de la partie civile étaient Me Saint-Arroman et Me Fournier. Ce dernier représentant les enfants mineurs de cette secte confiés à la DDASS.

Vésinet. Il n'y avait pas de chauffage et elle était battue à coups de ceinturon [1]. » Cour d'assises ou correctionnelle ? La peine pouvait être en effet de trente ans de réclusion criminelle si Dana S. apportait les preuves concrètes de coups ayant causé *« une mutilation ou infirmité permanente »* et/ou une séquestration de *« plus de sept jours »* ! Mais comment cette gamine aurait-elle pu s'évader de la secte pour faire constater ces coups ? Quant à la preuve de séquestration de *« plus de sept jours »*, elle ne put être apportée.

Et pourtant, au plan psychologique, il y a bien eu *« mutilation ou infirmité permanente »*. Pour Dana S., le supplice durera de l'âge de quinze mois à dix-sept ans. L'enjeu fondamental de ce procès était de reconnaître la mutilation de l'existence de ces enfants.

La secte tourmente l'enfant, l'empêche de grandir, afin de donner à son esprit la forme voulue par ses fantasmes, de le mettre en conformité avec son idéologie[2].

« Une vie d'enfermement et de coups… », me disait Me Saint-Arroman.

1. Témoignage du père de Dana S. Me Saint-Arroman montra au tribunal les ceintures qui avaient servi à la frapper : la ceinture large pour les fesses, la fine pour l'intérieur de la cuisse.

2. Le pédagogue nazi Ernest Krieck proposait, pour rendre l'enfant *« malléable et plastique »*, des méthodes *« apparentées aux techniques d'estampage et de dressage des âmes que l'Inde a élaborées (système yoghi et méthodes des cloîtres bouddhiques) »*, in National politische Erziehung.

→ « Conseils aux parents » de Claude Vorilhon, dit Raël : *« Le petit être qui n'est encore qu'une "larve" d'homme doit être, dans sa petite enfance, habitué à respecter la liberté et la tranquillité des autres. Étant donné qu'il est trop petit pour comprendre et pour raisonner, le châtiment corporel doit être appliqué avec rigueur par la personne qui élève un enfant, afin qu'il souffre lorsqu'il fait souffrir les autres, ou lorsqu'il les gêne en leur manquant de respect* [1]. »

À La Citadelle, on frappait des nourrissons avec le fer de la ceinture pour les habituer à respecter leurs parents. Axel Schmidt obligeait le petit Jonathan (6, 7 ans) qui, dans un tel climat, devenait anorexique, à manger. Il le mettait à table en même temps que les autres enfants, et plus il vomissait, plus il le forçait. Lorsque les enfants revenaient à table, le soir, il était encore devant son assiette remplie du vomi du midi. Comme le spectacle était trop désagréable, il l'enfermait dans un placard. Peur du noir, peur des araignées… Il criait. Il lui arrachait presque les oreilles pour le faire taire. Et il le renfermait…

1. *Le livre qui dit la vérité*. Je lisais dans *La Tribune de Genève*, du 17 juillet 1996, que la fondation Optimas qui s'occupe de handicapés et d'enfants maltraités demande le retrait de livres de cette secte présentés dans une vitrine de gare.

En revanche, il faisait jeûner au maximum la petite Dana S. qui avait de l'appétit. Il la mettait dans un local où l'on gelait l'hiver avec une tasse de thé le matin, un œuf et une carotte crue.

→ *« Le secret de son gouvernement était de leur donner tout ce qu'ils n'aimaient pas et de ne leur rien donner de ce qu'ils aimaient : l'expérience prouvait que ce système leur adoucissait énormément le caractère »*, écrivait Charles Dickens dans *Dombey et fils*.

« [...] Une vie de maltraitance extrême cumulée avec l'absence de sommeil, l'absence de vie sociale élémentaire, la malnutrition, l'interdiction de regarder son corps et une forme insidieuse de viol... », continuait Me Saint-Arroman,

→ « Roger Melchior, pour nous guérir du vice supposé de la masturbation, me disait Aloïs B., nous plantait des aiguilles d'acupuncture sur tout le corps y compris dans la verge, sur le frein – ce qui était très douloureux ! Et il nous masturbait pour convertir notre énergie sexuelle en énergie spirituelle. J'étais parfois tellement fatigué que je m'endormais : il insistait pendant une bonne demi-heure. Quand, la nature étant trop forte, nous ne pouvions pas nous retenir, il nous insultait... »

« [...] L'interdiction de jouer, de lire autre chose que les ouvrages de la secte... »

→ *« Tout comme les adultes, les enfants ont besoin d'assimiler l'instruction dispensée aux réunions. Si les parents leur donnent des jouets ou des livres de coloriage afin de les occuper et de les calmer, les enfants n'apprendront pas grand-chose*[1] », lit-on dans l'organe jéhoviste *Le Ministère du Royaume*, de décembre 1994.

« [...] Une vie de peur et de délation permanente, tant chez les adultes que chez les enfants... »

→ En scientologie, les permanents multiplient les *« rapports de paresse* [*"du matériel ou du personnel qui devrait être en action"*], *de non-obéissance, de crime, d'absence de rapport, de faux rapport, d'ennui, etc.*[2] », qui sont ensuite remis par le délateur lui-même à la direction et au coupable !

La délation fait partie du système manipulatoire de toutes les sectes. Elle n'est évidemment possible que par la présence quotidienne de la peur. Au temps de l'Inquisition, les accusés dénonçaient, sous la torture,

1. Principe 7 de la Convention internationale des droits de l'enfant (extrait) : *« L'enfant doit avoir toutes possibilités de se livrer à des jeux et des activités récréatives... »*

2. Lettre de règlement de Ron Hubbard du 1er mai 1965.

d'autres « prétendus sorciers ». Lesquels avouaient et dénonçaient à leur tour... La répression se nourrit d'elle-même.

Les résultats de cette « pédagogie » sectaire furent résumés dans *Les Temps difficiles* par Charles Dickens : *« C'était une chose bien remarquable qu'un jeune homme élevé selon un système de contrainte perpétuelle et contre nature fût un hypocrite, mais tel était le cas de Tom. C'était une chose bien étrange qu'un jeune homme qui n'avait jamais été laissé à sa propre initiative durant cinq minutes consécutives, fût finalement incapable de se diriger lui-même, mais il en était ainsi de Tom. C'était une chose absolument inexplicable qu'un jeune homme dont l'imagination avait été étouffée au berceau, fût encore incommodé par son fantôme sous la forme d'une basse sensualité, mais Tom, à n'en pas douter, était pareil monstre. »*

« Le passé était une lame de rasoir sur laquelle j'étais forcée de m'étendre. Pourrais-je un jour être à nouveau moi-même ? »

Deborah DAVIS,
fille aînée de Moïse David,
gourou des Enfants de Dieu [La Famille]

Le 19 février, dernier jour du procès de La Citadelle, on sentit une vive tension entre les adultes témoins de la partie civile et leur avocate Me Saint-Arroman. Les enfants leur avaient fait prendre conscience de l'évidence de leur responsabilité. Avant cela, ils pouvaient encore se réfugier derrière Mme Mihaïes, la diablesse qui les avait manipulés. Cette déresponsabilisation les aidait à vivre. Mais entendre les enfants, avec des mots très simples, dire au tribunal ces « choses » terribles... Voir ces enfants exprimer à la barre ce qu'ils avaient vécu – et avec quel courage !

Où étaient-elles leurs grandes pensées profondes ? La voix des enfants leur soufflait : « Nulle part ! Elles n'ont jamais existé. »

Lorrain de Saint-Affrique, ancien responsable de la communication de Jean-Marie Le Pen, exclu du Front national en septembre 1994, expliquait avec lucidité dans *L'Actualité religieuse* du 15 juin 1995 que le Front national fabriquait *« des autistes »*, que son dirigeant associait ses militants *« à sa vision paranoïaque »*, etc., donnant au leader du Front national toutes les caractéristiques du gourou. Mais lorsque le journaliste lui demandait : *« Faut-il interdire le Front national ? »*, Lorrain de Saint-Affrique redevenait adepte et répondait : *« Je préfère que les gens votent Le Pen* [...] *plutôt que de les voir régler leurs problèmes par eux-mêmes, dans les cités et les banlieues. »*

En d'autres termes, pour Lorrain de Saint-Affrique, c'était encore Le Pen ou la « grande catastrophe ». L'homologie sectaire lui permettait de diaboliser son ancien gourou, et d'atténuer ainsi sa part de responsabilité.

> → *« Il en va comme un prisonnier qui a l'intention de s'évader,* écrit Franz Kafka, *ce qui serait peut-être réalisable, mais projette aussi, et ceci en même temps, de transformer la prison en château de plaisance à son propre usage. Mais s'il veut s'évader, il ne peut entreprendre la transformation, et s'il l'entreprend, il ne peut s'évader*[1]. »

1. *Lettre au père*, Gallimard.

Mme Mihaïes fut condamnée à trois ans ferme et à l'interdiction de tous ses droits civiques, civils et familiaux. (Une première en France. Ron Hubbard avait été condamné pour escroquerie caractérisée à 35 000 francs d'amende et quatre ans de prison, le 14 février 1978, mais par contumace.) S'étant enfuie pendant la délibération de la cour, un mandat d'arrêt national fut lancé contre elle.

M. Schmidt fut condamné à dix-huit mois ferme et à l'interdiction de tous ses droits civiques, civils et familiaux... un mandat d'arrêt national fut également lancé contre lui.

Mme Antoine, condamnée à dix-huit mois ferme et à l'interdiction de tous ses droits civiques, civils et familiaux, fut arrêtée à l'audience.

– Mauvaise justice!... s'exclamèrent certains observateurs et témoins des parties civiles.

– Vous enfermez une adepte!...

– La pauvre! Elle a été manipulée.

– Vous n'avez rien compris à la manipulation mentale et aux sectes!

Dans un premier temps, j'avais trouvé réconfortant que Mme Antoine ait été condamnée à la prison ferme. Non par goût de la répression, mais parce que la justice, me semblait-il, redonnait à ce « rouage de la secte » la qualité de personne. Elle refaisait de Mme Antoine un être humain responsable. La justice la condamnait en qualité d'individu souverain (avec des circonstances atténuantes) au vu de ses actes et de son comportement.

Puis je pensai que tout cela était bien théorique. Peut-on juger un adepte de secte comme un simple criminel ? Il aurait fallu, pour que Mme Antoine redevienne un individu responsable, qu'elle se rende compte de la manipulation qu'elle avait subie. L'avenir prouva qu'il n'en était rien… Mme Antoine, lorsqu'il y eut appel, après six mois d'enfermement, avait une chance de se voir libérer. Mais elle n'avait toujours pas le sentiment d'avoir été manipulée ; elle reconnut juste avoir été un peu sévère avec les enfants.

Comment juger un adepte ?

« *Les personnes physiques poursuivies* », déclarait Me Inschauspé dans la lettre confidentielle *Secrets et Société* du 16 juin 1993, rapportant sa défense de l'Église de Scientologie, *« ont elle-même payé leur progression pour être au stade où elles en sont, ne récupérant de l'Église, comme "salaire" ou indemnités, que des sommes dérisoires les obligeant à avoir un travail à l'extérieur. Alors elles seraient à la fois escrocs et victimes ? Cela ne tient pas. »*

Disant cela, cet avocat faisait fi du processus de la manipulation mentale. Les adeptes sont doublement victimes parce que la secte en fait également des bourreaux ou des escrocs. Les sectes ont besoin d'adeptes acceptant indifféremment ces rôles. Le but de la manipulation mentale n'est pas de leur donner des convictions morales ou religieuses, mais au contraire de détruire en eux la faculté d'en former. Cela afin qu'ils obéissent aux directives de leur secte quels que soient ses changements de politique, même s'ils sont en contradiction avec la doctrine présentée au moment de leur adhésion.

Le physicien et philosophe Karl Popper disait dans *La Leçon de ce siècle*, à propos de communistes : *« Je me suis vite rendu compte qu'il suffisait d'un télégramme de Moscou pour que tous les trois changent radicalement de position et soient prêts à soutenir le contraire de ce qu'ils affirmaient la veille. »* Dans l'univers sectaire, ce genre de télégramme ne manque pas.

Prenons pour exemple l'association des Témoins de Jéhovah : en 1936, ses adeptes peuvent se faire transfuser ; en 1945, c'est interdit (sauf en Hollande) ; en 1953, interdit en France ; en 1960, pas de directives ; en 1968, la transplantation d'organes est qualifiée de « cannibalisme » ; en 1978, les hémophiles peuvent recevoir des fractions du sang ; en 1990, interdiction, etc.

Ce « relativisme » est aussi lié à la nature totalitaire des sectes. *« C'est pouvoir contredire aujourd'hui ce qu'on affirmait hier,* [...] *c'est pouvoir affirmer en même temps et* sans sourciller *des choses contradictoires*[1] », dit Anne-Marie Roviello à propos du

1. In *Politique et Pensée*, colloque Hannah Arendt, Petite Bibliothèque Payot.

fascisme mussolinien. Dans *1984*, George Orwell appelle cela la « double-pensée » : *« La vérité actuelle, quelle qu'elle fût, était vraie d'un infini à un autre infini. »*

En conclusion, la prison fait un martyr de l'adepte, et conforte le pouvoir de la secte. Les milliers de jeunes Témoins de Jéhovah qui furent incarcérés pour insoumission pendant des années parce que leur organisation les excluait s'ils acceptaient de porter les armes ou même de faire le service national civil, fournirent à l'organisation, après leur sortie de prison, une jeunesse militante et exaltée.

Le problème de la sanction est délicat. Le premier point est de prendre conscience que les adeptes sont des victimes. Ensuite, la justice doit frapper les sectes à la tête. Il existe des textes applicables indiquant qu'un groupe ou qu'une personne qui, sous contraintes psychologiques ou idéologiques, amène une autre personne à commettre un délit, est condamnable pour complicité[1] ! Il y a eu, en mars 1994, une

1. Loi du 29 juillet 1881, chapitre IV : « 6. Seront punis comme complices d'une action qualifiée crime ou délit ceux qui, soit par des discours, cris ou menaces proférés dans des lieux ou réunions publics, soit par des écrits, des imprimés vendus ou distribués, mis en vente ou exposés dans des lieux ou réunions publics [...] auront directement provoqué l'auteur ou les auteurs à commettre ladite action si la provocation a été suivie d'effet. »

avancée dans le Code pénal avec les articles 313.4, 225.13 et 14 visant l'abus de l'état d'ignorance, de la situation de faiblesse ou de vulnérabilité, et de la situation de dépendance de personnes...

Le 20 février, je retrouve cet entretien que j'avais eu en 1993 avec *, la fille de Gilbert Bourdin, le « messie cosmoplanétaire de synthèse ».

« Mon père est issu d'une famille de la bonne bourgeoisie martiniquaise. Je l'ai vu deux fois : à huit et à dix ans.

« La première fois, il avait un imperméable beige. Nous étions allés dans un restaurant chinois, comme aujourd'hui avec vous. Comme je lui demandais ce que c'était que ce dragon peint sur le mur, il me répondit que c'était un signe de bonheur. Puis nous étions allés au jardin du Luxembourg. Il m'avait parlé de ce "AUM", qu'il fallait chanter. Il m'avait dit qu'on pouvait se réincarner en biche quand on était gentille, en animal méchant quand on était désagréable. Ça ne m'avait pas tellement plu.

« Je ne l'appelais pas papa. Je me débrouillais pour ne pas l'appeler. À cette époque, vers 1968, il ne prétendait pas encore être Dieu.

« La seconde et dernière fois que je l'ai vu, il m'emmena visiter le musée des Invalides. Je le regardais et me demandais toujours qui était ce personnage qui disait être mon père. Qui arrivait comme ça... Qui parlait de choses étranges. Il me donna à lire ses livres et une médaille avec quelques symboles au milieu...

« Les années passent. Je me marie...

« Un jour, je regarde la télévision. Mon père apparaît. Les yeux lui sortaient des orbites. Il m'a semblé fou. Puis il a dit qu'il était Dieu. Ça m'a vraiment contrariée. J'ai téléphoné le lendemain au service de l'émission. J'ai dit qui j'étais, qu'on ne pouvait pas laisser mon père dire ça. "Je suis sa fille, je sais de quoi je parle !" ai-je dit. Le Christ était tous les jours derrière ma porte quand j'étais enfant, quand je n'avais pas de père.

« Un jour, je le retrouve dans un reportage du *Figaro Magazine*. Je vois les constructions du Mandarom de si mauvais goût, son costume, sa tiare, etc. Alors je me rends au Mandarom à Castellane... D'en bas, je vois les statues. Je monte le petit chemin. Je m'arrête à la barrière. Je vois la statue du Christ, haute de vingt mètres, puis celle de mon père, beaucoup plus haute.

« Je n'ai pas osé entrer.

« Comment les adeptes peuvent-ils avaler ce Gourouland ? Je n'arrive pas à comprendre. Alors qu'il y a de toutes simples et profondes églises romanes… les vitraux de Chartres ou Notre-Dame…

« C'est un paysage que cet homme s'est construit. Il n'existe que par sa folie. Ceux qui entrent là-dedans, ils trouvent quoi ? La foudre. Ils ne servent ni Dieu ni eux-mêmes, mais l'intérêt de cet homme. Vous imaginez mère Teresa avec une couronne de dix kilos sur la tête ? Elle, quand elle fait un pas dans la rue à Calcutta, tout le monde sait que c'est pour s'occuper des autres. Lui, il sort pour s'occuper de lui-même. »

Le 21 février, Ibrahim Ali, un jeune lycéen d'origine comorienne, était tué d'une balle dans le dos. Trois militants du Front national étaient impliqués dans ce meurtre. L'un avait tiré trois balles de son 22 long rifle de sa voiture ; l'autre avait vidé son chargeur de six balles ; le troisième avait assisté au meurtre.

Le délégué du Front national, Bruno Mégret, invoquait aussitôt la légitime défense… Thèse reprise par leur défenseur, Me Pesenti, qui parlait de « chahutage » ayant mal tourné ! Les colleurs d'affiche du FN auraient tiré pour les « intimider ».

Pourquoi ces trois hommes avaient-ils adhéré au Front national ? Pierre Giglio, habitant la cité de HLM Les Aygalades, aurait trouvé au sein du Front national une *« nouvelle famille »*. Son patron ne le trouvait *« pas du tout grande gueule. Pierrot travaillait correctement, il est dans la norme, ni plus ni moins. Tout sauf un meneur*[1] *»*.

1. In *Le Monde*, article de Luc Leroux.

Robert Lagier, de la cité Castors Isabella, passait pour *« un pantouflard discret et pas très futé »*, *« un homme sans histoires »*. Très habile dans le maniement du 22 long rifle, il est l'auteur du coup de feu mortel. *« Il est au Front national par défaut,* disait l'un de ses fils, *par ras-le-bol d'entendre chaque jour aux informations des affaires de corruption, d'amnistie entre hommes politiques. Dégoûté par tout cela, il s'est laissé convaincre, mais ce n'est pas un acharné, pas un fanatique. »*

Mario d'Ambrioso est lui aussi passionné d'armes.

Dans ces cités, le taux de chômage peut atteindre six fois la moyenne nationale. La peur du lendemain, la peur des autres provoquent les déliaisons, crée des êtres incapables de se projeter dans le moyen terme, des sans domicile de pensée.

Hannah Arendt parlait, à propos du bourreau nazi Eichmann dont elle suivit le procès en 1961, de « banalité du crime ». Elle entendait par là que ses meurtres étaient le résultat d'une *« curieuse et authentique inaptitude à penser »*.

Le 23 février, dans le supplément « Initiatives » du *Monde* consacré aux problèmes des personnes employées dans le cadre d'un CES (contrat emploi solidarité), dans des fonctions intérimaires ou à durée déterminée, je relevais cet interview d'un responsable de service d'une grosse entreprise :

« Travailler dans notre entreprise,
c'est une véritable reconnaissance :

Phase de séduction.

n'y entre pas qui veut.

Élitisme.

Les horaires n'existent pas,

Phase de culpabilisation.

bref, c'est un sacerdoce.

Introduction du religieux.

On ne peut y être à moitié

Ron Hubbard : « *Ne les laissez jamais être à moitié scientologue. Les plus belles organisations de l'histoire ont été des organisations dures, vouées à leur tâche. Aucun groupe gnangnan de dilettantes efféminés n'a jamais réalisé quoi que ce soit*[1]. »

car cela revient à dissoudre notre culture avec l'extérieur,

Coupure, peur de l'altérité.

et cela, nous ne le supportons pas. »

Menace, agressivité vis-à-vis de l'extérieur.

Je lisais également dans ce journal que ces hommes et ces femmes :

« *redoutant de perdre leur emploi, ne s'expriment pas, subissent leur sort, et ne se syndiquent pas…*

Apolitisme.

1. In *Bulletins techniques*, vol. VI, 1965-1969.

L'insertion devient alors la capacité du nouveau à se mouler dans le monde du groupe ».

Reconstruction
à l'image de la secte.

L'essor des sectes n'est pas un phénomène spontané, circonscrit, mais la lente cristallisation d'un mode de pensée largement répandu. L'entreprise est un lieu « compétitif », fermé, propice à la fermentation et à la diffusion des idées sectaires.

« Au lendemain de la présentation de notre rapport, la presse faisait état de la découverte faite par des salariés d'EDF », écrivait Alain Gest, dans la préface au rapport parlementaire sur les sectes de janvier 1996. *« Quelques dizaines de cadres de direction ont suivi, au moins de 1993 à 1995, des stages de développement personnel animés par les entreprises PV Conseil et Otium, sur la base d'une méthode dite AVATAR* [...] *créée par un responsable de l'Église de Scientologie américaine. La direction d'EDF a constaté que l'enseignement dispensé proposait "des rituels faisant penser à des fonctionnements de type organisation mystico-religieuse". »*

Qu'il s'agisse de religion ou d'entreprise commerciale, les sectes agissent comme la phrygane, cet insecte voisin du papillon, dont les jeunes larves attaquent le tissu de l'étoile de mer et se construisent à l'intérieur des tubes formés de petits morceaux de calcaire. Pour ce faire, expliquait l'entomologiste Jean-Henri Fabre, « *il faut lui enlever le mouvement sans lui enlever la vie. Pour arriver à ce résultat, le moyen est unique : détruire l'appareil nerveux* [1] ».

L'Église de Scientologie possède un ovopositeur[2] puissant appelé WISE. Cet Institut mondial des entreprises scientologues (conseils en management, cours de communication) lui sert à infiltrer les entreprises. Il a pour buts, selon sa propre définition, de « *mettre la technologie de management de LRH* [Ron Hubbard] *dans le monde des affaires, d'assainir la scène économique en mettant l'éthique en place*[3] ».

> → Ron Hubbard : « *Une nation ou un État fonctionnent grâce aux capacités de ses chefs de département, ses gouverneurs, ou tout autre leader. Il est facile d'obtenir des postes dans de telles zones* [...] *Le truc, dans tout cela, c'est ne cherchez pas la coopération de groupes. Ne demandez pas la permission. Entrez tout simplement dans ces groupes et commencez à agir pour faire gagner le groupe grâce à l'efficacité et au bon sens* [4]... »

1. *Promenades entomologiques*, éd. François-Maspero.
2. Dispositif de certains insectes leur permettant d'insérer leurs œufs dans le corps d'autres organismes vivants.
3. WISE regroupe divers entreprises de « formation professionnelle », des cabinets de recrutement et de conseil, des écoles de peinture, de musique, de langues...
4. Bulletin du HCO du 23 juin AD 10.

Le 25 février, un avocat et son client descendaient les marches du Palais de justice de Paris.

– Une issue positive… Nous avons gagné sur toute la ligne… Croyez-moi, j'ai eu très peur, disait l'avocat. Ce juge aux affaires familiales a mauvaise réputation.

Hervé Cobb ne répondait pas. Il regardait son ex-femme, Angela, qui descendait elle aussi l'escalier du palais, serrant dans ses bras leur fille de deux ans, Alisson.

Angela avait tenu à garder Alisson quelques instants après leur passage dans le bureau du juge.

– Appelez-moi demain à mon cabinet, lui lança l'avocat consultant sa montre. J'ai un avion à prendre…

– À demain, maître, répondit-il. Et merci.

La décision du tribunal avait été juste. Angela verrait sa fille un dimanche tous les quinze jours en présence du père. « S'il n'y avait votre appartenance, madame Cobb, à ce mouvement sectaire particulièrement malfaisant, nous vous aurions donné la garde partagée », avait dit le juge. Angela n'avait pas répondu.

Encore quelques marches et elle lui rendrait Alisson. Il prévoyait beaucoup de larmes, alors il ne se pressait pas.

Soudain, il vit une lueur d'affolement dans les yeux d'Angela. Il résista pour ne pas s'approcher d'elle. Puis elle fit un large geste incompréhensible, sauta la dernière marche et courut vers le quai de l'Horloge.

Une pensée le traversa aussitôt : « Elle va se jeter à la Seine ! » Il s'élança à sa poursuite. Mais un clochard lui barra le chemin, tenant une bouteille comme un gouvernail. Il lui fallut plusieurs secondes pour s'en dépêtrer. Puis un couple le gêna, encore un autre… Il perdait de précieuses secondes.

Angela s'était figée au milieu de la chaussée, brandissant Alisson au-dessus de sa tête. Une première voiture l'évita en klaxonnant. Puis une seconde.

Soudain une voiture bleue fonça sur elle.

– Saute sur le côté ! hurla Cobb. Saute !…

Mais Angela ne bougeait pas.

– Saute ! hurla Cobb, paralysé par l'angoisse.

Seul le vent bougeait, plaquant ses cheveux blonds sur sa figure.

Tout passa en un éclair…

Une voiture stoppa.

À quelques centimètres d'elle.

Le conducteur en sortit.

Cobb assistait à la scène sans bouger.

Puis, à sa stupéfaction, il vit Angela *« courir en souriant »* vers la voiture, ouvrir la portière arrière et, comme il le déclarera plus tard aux policiers, *« tendre leur fille au chauffeur »*...

Ainsi pourrait commencer une série policière prenant pour thème les sectes. Cette histoire est réellement arrivée à un père dont la femme était membre de La Famille (ex-Enfants de Dieu). Il ne revit plus jamais sa femme et sa fille.

« Ce soir, au cirque, un dompteur montrait à la fois des poules, des renards et des chiens. Les renards s'avançaient amicalement vers les poules : c'était le progrès. Les poules n'avaient pas l'air trop rassuré : c'était la routine. Grâce aux chiens pacificateurs, tout allait bien : c'était la civilisation. »

Jules RENARD,
Journal.

Le 6 mars, je recevais la lettre d'un membre de la secte Méditation transcendantale. Cet adepte était irrité que j'aie pu écrire, dans un journal, que son organisation était *« un danger par ses pratiques et sa doctrine »*. Sans doute faisais-je référence à cette phrase de son gourou, Maharishi Mahesh Yogi : *« Ce sont les forts qui doivent conduire, et, si les faibles ne suivent pas, il ne saurait y avoir de place pour eux.* [...] *dans la nature elle-même, les faibles disparaissent. La non-existence des faibles est une loi de nature. »* Citation qui n'est pas sans rappeler ce passage de *Mein Kampf* : *« La nature, à chaque instant, dans son* *action, dans son devenir, nous enseigne que le principe de la sélection domine, que le plus fort reste vainqueur et que le plus faible succombe.* »

Cette secte a son parti politique : le PLN, Parti de la loi naturelle, dont l'objectif est de *« renforcer l'efficacité du gouvernement en le mettant en accord avec la loi naturelle* [...]*; les problèmes sont la conséquence de la violation de la loi naturelle, d'une rupture avec l'intelligence de la vie – le pouvoir d'organisation infini de la nature* [1] ».

L'« effet Maharishi » que propose ce parti pour établir le paradis sur terre est « vérifié scientifiquement ». Il s'agit d'établir *« des groupes chargés de rendre la conscience collective cohérente au moyen d'une technique très simple, la Méditation transcendantale et l'envol Yoghi* [lévitation] ».

Évidemment, le PLN désire associer à son action *« les meilleurs talents de la nation, les personnes dont la réussite démontre la compétence et le soutien de la loi naturelle »*. Ce mécanisme élitiste, sélectif, est également exprimé par Fernand Schwartz, leader français de la secte Nouvelle Acropole : *« La structure se nourrit d'hommes et transmute les plus aptes dans*

1. Tract diffusé en février 1993 lors de la campagne du PLN pour les législatives de mars 1993. A ces législatives, le PLN présenta des candidats dans 140 circonscriptions et obtint 33 000 voix ! Mais il s'assura surtout une formidable campagne médiatique et des subsides de l'État.

son grand corps et sa grande âme, les transformant en des surhommes. Les inaptes seront laissés derrière. Telle est la douloureuse loi. »

L'invariant sectaire est dans ce retour à la loi naturelle, cette recherche de l'âge perdu : l'Âge d'or. Les eaux troubles du Nouvel Âge charrient ces idées de fuite aux deux extrémités du temps. « *Le mythe sumérien de l'âge d'or et le mythe andaman de la vie future se répondent* », écrit Lévi-Strauss dans *Les Structures élémentaires de la parenté*. L'un et l'autre « *rejetant dans un futur ou dans un passé également hors d'atteinte, la douceur éternellement déniée à l'homme social, d'un monde où l'on pourrait vivre* entre soi ». Un monde, disait-on en 1968, où l'on pourrait « jouir sans partage », où il serait « interdit d'interdire »[1].

Pour retrouver cet Âge d'or, il faut briser les interdits qui, telle la prohibition de l'inceste, ont fondé notre société ; détruire toute trace de culture et ne prendre pour guide que son instinct : « *Écouter la voix primitive de l'humanité*[2]. » Ces interdits ne s'éclairent, en effet, « *qu'à partir du moment où l'on pose qu'il faut qu'une société soit,* écrit Lévi-Strauss, *mais la société aurait pu ne pas être*[3] ». Ainsi Raël, dans ses « *propositions pour faire de la terre un monde d'épanouissement*

1. Ce joli non-sens engendre une rupture avec le sens et crée une perte de réalité propre au système sectaire.
2. Hermann Rauschning, *Hitler m'a dit.*
3. *Les Structures élémentaires de la parenté.*

et de bonheur », entend réviser les lois sur la pédophilie. Ainsi Guy-Claude Burger proposait-il, dans un dépliant présentant des stages Nouvel Âge pour l'été 1995, une publicité intitulée : « Découvrir l'Instincto-Nutrition » : *« Tous les êtres vivants ont toujours été guidés par leur instinct pour découvrir les aliments nécessaires à leur santé. L'Instincto-Nutrition réunit les règles naturelles qui vous permettront de redécouvrir en peu de temps cet instinct primordial et d'accéder à un équilibre physiologique et psychique exceptionnel.* [...] *Le moyen le plus simple, le plus logique et le plus agréable de retrouver la forme, la ligne, la jeunesse, la santé, la joie de vivre, en harmonie avec les lois naturelles*[1]. »

La secte Ecoovie a pratiqué cette philosophie jusqu'à ce que des adeptes en meurent : alimentation végétalienne, coucher et défécation à même la terre pour ne pas « couper le circuit sol-plante-mangeur-sol », soins par le jeûne, les plantes, les incantations et les cataplasmes de glaise ; travail de la terre à main nue (à nouveau pour ne pas « couper le circuit sol-plante-mangeur-sol »).

1. À propos de la sexualité, Guy-Claude Burger proposait un autre stage : « *La Métapsychanalyse vous permettra de redécouvrir les lois naturelles de l'amour et de son expression physique. Elle vous aidera à libérer votre inconscient des conflits induits par l'éducation, et des inhibitions qui vous empêchent d'être vous-même.* » Guy-Claude Burger a été condamné pour attentat à la pudeur en 1974...

Le danger que représentent ces théories de la loi naturelle diffusées par les sectes n'est pas qu'elles soient considérées comme absurdes par tous les généticiens et les ethnologues, mais qu'elles soient réalisables.

Je relisais dernièrement un ouvrage de Colin Turnbull intitulé *Les Iks*[1]. Les Iks forment une tribu de chasseurs nomades du nord de l'Ouganda dont le territoire fut, en 1946, transformé en parc national. Interdiction leur fut donnée de chasser, de ramasser fruits et légumes. Ces nomades se refusèrent à quitter leurs montagnes, leurs mythes et légendes pour devenir agriculteurs sur des terres étrangères. En moins de deux générations, confrontés à la difficulté de survivre, ils devinrent une tribu d'où les mots amitié, bonté, bonheur, solidarité n'eurent plus aucun sens. Des valeurs oubliées.

La « préférence nationale », l'exclusion des SDF, des immigrés, des vieux, des fous, des chômeurs, des handicapés, des prisonniers, des malades, des homosexuels peuvent faire de notre monde un parc national, un *Meilleur des mondes* où des millions d'hommes survivront[2], mais en abandonnant progressivement

1. Plon, coll. « Terre humaine ».

2. Ron Hubbard insiste dans toute son œuvre sur le mot « survie » : « *Le principe dynamique de l'existence est : SURVIS !* »

leur humanité. Pour survivre, ils renonceront à la vie en société. Ils vivront – comme l'écrit Franz Kafka dans une « parabole » – dans une galerie de mine transformée en salon…

« *Ça va, ça va, je te connais bien,* dit un patron à un délégué mineur monté à la direction pour réclamer de nouvelles lampes. *La requête est certainement justifiée, mes collègues de la direction et moi-même sommes certainement les derniers à ne pas le reconnaître. Le bien-être de nos hommes, crois-m'en, nous tient plus à cœur que l'intérêt de l'entreprise. Pourquoi d'ailleurs en serait-il autrement ?* […] *Laisse-nous donc tes suggestions. Nous les examinerons avec soin ; et s'il se trouve à y joindre quelque insignifiante petite nouveauté, nous ne l'escamoterons certainement pas. Et dès que tout sera terminé, vous aurez les nouvelles lampes.*

« *Mais dis-le bien à tes hommes là-bas au fond : nous n'aurons de cesse que nous n'ayons fait de votre galerie un salon, et par-dessous tout, que vous y creviez en souliers vernis ! Sentiments*[1]*…* »

… *« Le bien, c'est la survie » … « La raison ultime est survie ultime ».*

1. « De nouvelles lampes », traduit par Jean Carrive, *L'Arbalète*, 1945.

Le 7 mars, je regardais à nouveau la lettre que m'avait envoyée cet adepte de la Méditation transcendantale. « *D'autre part, je n'ai pas connaissance que le mouvement de MT soit "riche du quart du territoire du Mozambique"*, me disait-il. *Mais je crois savoir qu'un contrat de développement existe entre le gouvernement de ce pays et le mouvement MT. Le but de Maharishi est de faire de ce pays un modèle de développement pour tous les pays du monde, et, pour ce faire, plusieurs milliers de soldats pratiquent la MT et le vol yoguique.* »

J'imaginais tous ces soldats en uniforme volant dans les airs comme des personnages de Folon...

Le président Joaquim Chissano, président du Mozambique, marxiste-léniniste, s'est en effet converti à la Méditation transcendantale en 1991. À sa suite, plusieurs de ses ministres y ont adhéré. Le 5 juillet 1993, la société Mahedco appartenant à la Méditation transcendantale signait un accord avec le gouvernement de Maputo, s'engageant à réaliser *« un projet de développement intégré, étendu sur 20 millions d'hectares de territoires agricoles en friche »* dans cinq des dix provinces mozambicaines, *« en vue de créer le paradis sur terre »*. La durée de la concession est de cinquante années renouvelables !

Le Mozambique n'est pas le seul gouvernement à collaborer avec une secte. On peut supposer le Togo très coopératif : son chef de gouvernement, Edem Kodjo, est membre de la secte des Chevaliers du Lotus d'or!

Parmi de nombreux pays, citons l'Albanie. À titre d'exemple, cette brochure scientologue :

« L'Albanie, "LE PAYS DE L'AIGLE", ainsi l'appellent les Albanais. Jusqu'à ces dernières années, l'Albanie avait l'un des gouvernements communistes les plus suppressifs[1] *et les dictateurs les plus cruels de la planète.*

« La démocratie règne à présent. Est-ce une chance d'espoir ?

« Quel est leur plus grand et brillant espoir ? Vous avez trouvé : LA SCIENTOLOGIE.

« [...] *En ce qui concerne nos contacts avec le gouvernement albanais, des ministres parmi les plus hauts placés désirent obtenir la technologie administrative de LRH*[2] ».

1. Voir définition p. 38 (note 3).

2. Extraits d'une lettre de l'officier responsable de la librairie AOSHUK (Advanced Organization Saint Hill United Kingdom), Scott Chaplin, au personnel et public scientologue.

Pauvre Albanie livrée à la Scientologie! Qu'en pense Ismaël Kadaré qui, dans ses romans, a analysé les mécanismes d'oppression de son pays? Dans *La Niche de la honte,* racontant un épisode de l'occupation ottomane, il décrit l'instauration du totalitarisme.

Première phase : suppression physique de la rébellion.

Deuxième phase : suppression de l'idée de rébellion.

Troisième phase : suppression de la culture, de l'art et des coutumes.

Quatrième phase : suppression ou mutilation de la langue.

Cinquième phase : suppression ou affaiblissement de la mémoire nationale.

Le 10 mars, je disais à des élèves de terminale : « Apprenez à décoder les discours sectaires, c'est par le langage que l'on se fait piéger. » Je leur donnais pour exemple la déclaration de Ron Hubbard intitulée « Les desseins de la Scientologie » (1965) :

« *Une civilisation sans folie,*

Ron Hubbard : « *Psychotic and suppressive are synonymous (the same)*[1]. »

sans criminels...

Ron Hubbard : « *Les gens qui attaquent la Scientologie sont des criminels*[2]. »

1. In *Scientology Abridged Dictionary*.

2. Lettre de règlement du 18 février 1966. Dans un ouvrage de droit, je lisais qu'une société sans crimes ne serait pas une société sans malheurs, mais une société « sans valeurs ». Les formes de criminalité évoluent. Elles sont le négatif des formes d'organisation des systèmes de référence dominants.

« et sans guerre,

Ron Hubbard : *« Un gouvernement n'est dangereux que lorsqu'il est utilisé par et pour les personnes anti-sociales* [donc anti-scientologues][1] . »

« dans laquelle les gens capables puissent prospérer...

Ron Hubbard : *« Une femme au foyer dont le niveau de compétence en Scientologie n'est pas celui d'un professionnel ne pourrait pas prétendre s'occuper de toute une famille avec succès, maintenir l'ordre dans son voisinage et sa famille en bonne santé. Un contremaître ne pourrait pas diriger ses équipes de façon vraiment efficace sans des aptitudes de professionnel en Scientologie. L'assistant personnel du directeur d'une société serait incapable d'effectuer un travail totalement efficace s'il n'était pas un scientologue professionnel. Le président d'une*

1. *Introduction à l'éthique de la scientologie.*

société qui n'a pas de certificat [de scientologie] *échouera un de ces jours. Et le gouvernement d'un pays s'écroulerait en morceaux s'il ne connaissait pas la Scientologie d'un point de vue professionnel*[1]. »

« et les êtres honnêtes avoir des droits... »

Ron Hubbard : « [...] *la loi n'accordera des droits civiques et de citoyenneté qu'aux personnes dépourvues d'aberrations* ».

1. Lettre de règlement du HCO du 10 juin 1960, republiée le 12 avril 1983.

« L'amour est un acte sans importance, puisqu'on peut le faire indéfiniment. »

Alfred JARRY,
Le Surmâle.

Le 12 mars, passant devant l'église Notre-Dame, je repensais à ces mots de la fille de Gilbert Bourdin : « Comment les adeptes peuvent-ils avaler ce Gourou-land ? Je n'arrive pas à comprendre. Alors qu'il y a de toutes simples et profondes églises romanes… les vitraux de Chartres ou Notre-Dame… »

L'une des profondes différences existant entre une religion et une secte est que cette dernière ne produit pas de beau ni de sublime. Il y a un art chrétien, musulman, bouddhiste, une littérature juive, etc. Il n'y a jamais eu et il n'y aura jamais, malgré tout leur argent, et les milliers de membres dont disposent ces organisations, d'art scientologue, jéhoviste, mooniste, raëlien, etc.

Les gourous, obsédés par le quantitatif comme tous les leaders totalitaires, ne connaissent que la performance[1]. L'art est évalué en fonction de sa quantité et rapidité. Que dit le batteur Dominique Pizzinat, fondateur de l'École (scientologue) du rythme[2], de son leader Ron Hubbard ? *« Un des écrivains qui a vendu le plus de livres dans le monde. Il est l'auteur du plus gros ouvrage de science-fiction qui ait jamais été écrit »*...

Ron Hubbard est considéré par les scientologues comme un grand écrivain à cause du nombre de mots écrits et d'exemplaires vendus ! L'important est de fabriquer à tour de bras de volumineux supports à leur idéologie et de montrer des pouvoirs supranormaux.

Je lis dans un ouvrage de propagande scientologue, à propos de Ron Hubbard : *« 1934-1936. Pendant cette période, l'écriture est son activité principale. Assis devant sa Remington, il tape sans répit, écrivant aisément entre trois cents et quatre cents pages de manuscrits par mois.* [...] *Extraordinairement fécond, il écrit cent trente-huit romans, récits, et nouvelles en l'espace*

1. Je laisse volontairement de côté l'utilitarisme et la propagande. Il est notoire que l'Église de Scientologie utilise, pour sa dissémination : les cours de dessin Aimé Venel, l'École du rythme, Art et musique, Art et diffusion, etc. De même qu'elle utilise des artistes et des célébrités « juste au-delà ou qui approchent de leur apogée ». (Les moonistes appellent cela : « le recyclage des vieilles huiles usées. »)

2. Rue du Pot-de-Fer à Paris.

de six ans dans les seules catégories aventure, western, mystère et policier; en moyenne, plus d'un ouvrage publié par quinzaine, le triple de ce que produisent la plupart des écrivains[1]. » Quant à ses conférences, elles contiendraient « *plus de 25 millions de mots enregistrés sur bande*[2] ».

Sri Chinmoï fait mieux encore. Surpassant le grammairien Didyme qui aurait écrit 4000 livres, il a commis 17000 poèmes, dont 843 en 24 heures, le 1er novembre 1975; peint 100000 tableaux, dont 16031 en 24 heures; rédigé 750 livres, composé 6000 chansons; sans compter les 7063 livres qu'il a soulevés d'un seul bras et l'éléphant qu'il a fait léviter.

Ce constat de non-art est finalement réconfortant... Ne produisant pas de beau, les sectes ne peuvent s'inscrire dans la durée. « *Si, comme constructions,* [les cathédrales] *servaient certainement les besoins de la communauté, leur beauté élaborée ne pourra jamais être expliquée par ces besoins, qui auraient pu être satisfaits aussi bien par quelque indescriptible bâtisse,* écrit Hannah Arendt. *Leur beauté transcende tout besoin, et les fait durer à travers les siècles*[3]. »

1. « Une chronique de sa vie ».
2. *Qu'est-ce que la scientologie?* éd. New-Era, p. 705.
3. *La Crise de la culture, op. cit.*

Le 14 mars, je rencontrais Albert Jacquard, qui fut professeur de génétique. Nous avions le projet d'écrire ensemble une fiction pour enfants.

– Les Raëliens affirment que nous avons été créés par les extra-terrestres grâce à l'ADN, lui dis-je, montrant une brochure du mouvement raëlien. Quand ils meurent, ils donnent un petit bout de leur os frontal qui, ensuite, servira à les recréer comme ils ont reconstitué dans l'univers Mahomet, Bouddha... Selon leur doctrine, il y a 25000 ans des extra-terrestres, les Elohim, *« sont venus sur terre et ont créé la vie en laboratoire grâce à l'acide désoxyribonucléique et une parfaite maîtrise de l'ingénierie génétique »*.

Afin de faire respecter ce point de doctrine, le Mouvement raëlien a créé l'AMIF (Association médicale des implants frontaux), dont le président est (était ?) un chirurgien ophtalmologiste, le Dr François Pithon. J'ai là un modèle de testament :

« Je soussigné (NOM et prénoms), sain de corps et d'esprit…

« Dans le cas où ma compagne (ou compagnon), et mon fils (son prénom) et tous les autres enfants à naître auraient disparu avant, ou décéderaient en même temps que moi-même, la quotité disponible serait léguée au profit de la Fondation raëlienne, CP328 – FL 9490 VADUZ[1].

« Je demande à ne pas être enterré religieusement, et désire faire don de mon corps à la science et de disparaître le plus discrètement possible, sauf l'os de mon front, plus précisément la partie située au-dessus du début du nez, à 33 millimètres au-dessus du milieu de l'axe reliant les deux pupilles, au moins 1 centimètre carré de cet os. »

– Pourquoi prendre un os ? me dit Albert Jacquard. L'os me semble le moins approprié, je préférerais prendre une goutte de sang.

– Un vieux mythe. Les Romains gardaient déjà un bout d'os de leurs ancêtres…

– Et pourquoi au milieu du front ?

– C'est plus parlant. Je suppose que pour les

1. Vaduz, situé au Liechtenstein, est une étape du circuit de l'argent sale, si j'en crois le schéma explicatif d'un « pacte de corruption » publié en annexe de *La justice ou le chaos*, Denis Robert, Stock, 1996.

adeptes influencés par le Nouvel Âge, ça rappelle le troisième œil.

– Il est vrai que toutes les informations biologiques nécessaires pour me faire sont dans le noyau initial, et qu'on en a une copie dans chacune de nos cellules. Me reconstituer est théoriquement possible. Je suis mort. Si tu veux me refaire, tu prends quelques-unes de mes cellules, tu les mets dans l'azote liquide et des années après tu refais le schéma de ma personne. Tu obtiens mon jumeau des siècles après !...

Mais quel intérêt ? Il ne s'agit que d'un jumeau *biologique.* Il aura le même groupe sanguin que moi, la même couleur de peau, une calvitie au même âge, mais *ça ne sera pas moi.* L'homme est autre chose que la couleur de ses cheveux ! D'autre part, il aura une tout autre histoire intra-utérine, une tout autre enfance. L'homme, n'en déplaise aux sectes, parce qu'il a une histoire, est unique.

Le 15 mars, je rencontrai, non sans émotion, Ranky : un illusionniste ! Mon enfance a été marquée par les transformations de foulards en fleurs, et les disparitions de colombes.

Dans les années 1975, la vie professionnelle de Ranky subit un sensible changement d'orientation. On parlait beaucoup de « chirurgie à mains nues » effectuée par des guérisseurs philippins. Des journalistes faisaient des articles élogieux sur ces hommes qui dématérialisaient une tumeur, la rematérialisaient à l'extérieur du corps, et la brûlaient. À la vue de certaines images diffusées à la télévision, il ne lui avait pas échappé qu'il y avait une manipulation des matières qu'ils semblaient extirper de l'abdomen, et qu'ils brûlaient ces tumeurs parce qu'il s'agissait de viscères de volaille ou de porc !

Il se rendit donc à une conférence donnée à la faculté de médecine Paris VII et, comme il entendait très doctement parler de guérison surnaturelle à propos de la chirurgie à mains nues, il fit une démonstration, faisant apparaître du sang, des boyaux, etc.

Quelques semaines plus tard, il apprenait qu'un couple avait vendu tous ses biens pour faire opérer aux Philippines leur fille de neuf ans atteinte d'une tumeur au cervelet. La fillette était morte quelques temps après l'« opération » dans d'horribles souffrances. Puis la mère était décédée. Le père s'était pendu...

Bouleversé, Ranky se dit qu'il devait faire quelque chose. Il créa un spectacle d'« opérations à mains nues » pour démontrer au public que tout cela n'était que dangereuse illusion[1].

Hélas ! après chaque représentation une dizaine de personnes lui disaient : « Ce que vous avez fait sur scène n'est pas seulement de l'illusion... Je me sens mieux grâce à vous ! » Au point qu'un jour un directeur de clinique très réputé, pensant profiter de cette crédulité, lui proposa 200 000 francs pour ouvrir avec lui une clinique de chirurgie philippine !

Évidemment, Ranky refusa. Devenu magicien « humanitaire », il présenta une parodie délirante de

1. Majax réalisa également ce numéro. « J'étais au premier rang, me racontait Albert Jacquard. Je l'ai vu à deux mètres de moi enfiler des gants puis enfoncer ses mains dans le ventre d'une personne qu'il avait fait étendre sur une table. Du "sang" jaillissait de partout ! Il en sortit un gros caillou qu'il jeta par terre... »

cette fameuse chirurgie au Festival mondial de la magie, à l'Olympia. Pendant quatre années consécutives, il se mut en un professeur fou et de surcroît pulmonaire, vomissant du sang, arrachant un œil, un bout de foie, par-ci, par-là.

Mais rien n'y faisait.

Si certains spectateurs se dirent que cette fameuse chirurgie était du charlatanisme, d'autres continuèrent à penser que les « vrais » chirurgiens existaient… « Ce n'est pas, pensaient-ils, parce qu'on peut reproduire sur une scène de music-hall un phénomène paranormal, que le paranormal n'existe pas ! »

Les démystifications ne viendront jamais totalement à bout d'un mythe, car ce mythe, il faudra bien le remplacer par autre chose. Le mouvement raëlien français ne prétend-il pas rassembler *« des démystificateurs qui veulent que la vérité éclate au grand jour… »* ? Leur Vérité démystifiante a de quoi ravir le petit enfant qui sommeille en nous. Il était une fois, *« il y a très longtemps, des hommes* [*qui*] *comme nous vivaient sur une autre planète. Explorant l'espace, ils découvrirent la Terre et y créèrent scientifiquement la vie, grâce à une parfaite maîtrise de l'ADN. Au cours des siècles, ils instruisirent des hommes qu'on nomma des "prophètes", auxquels ils dictèrent les bases de toutes les religions du monde. C'est pour cette raison que nous retrouvons leurs traces dans tous les textes anciens. Dans la Bible, on les nomme Elohim… »*

L'humour ne suffisant pas pour combattre les charlatans, Ranky fonda le CIEEPP, Comité illusionniste d'expertise et d'expérimentation des phénomènes paranormaux.

* *
*

« Un gourou pourrait bâtir une carrière sur un ou deux trucs de magie ! me disait Ranky. Les gens s'imaginent à tort que la prestidigitation est faite pour les enfants, comme les clowns. À l'origine, la magie servait à manipuler les foules. Le grand prêtre allumait un feu devant les portes fermées du temple, puis il récitait quelques formules magiques. Alors les portes lourdes de plusieurs tonnes s'ouvraient d'elles-mêmes… Bref, un matériel de grande illusion[1]. »

– Alors, lui dis-je, tu pourrais faire apparaître la Vierge dans un bois comme le gourou de la secte du Fréchou ?

– À Lyon, me répondit-il, dans les années 1890, un évêque faisait apparaître dans le ciel, tous les ans,

1. Un habile système hydraulique, basé sur la pression d'eau. Lorsque le prêtre éteignait le feu, les portes se refermaient. Le célèbre ABRACADABRA (de l'hébreu *abreq ad hâbra* : « envoie ta foudre jusqu'à la mort »), proféré par des générations d'illusionniste, fut une formule de guérison. Le médecin gnostique Quintus Servius Samonicus l'écrivait sur un parchemin et l'attachait au cou de ses malades.

une sainte Vierge devant la cathédrale de Fourvière. La colline était pleine de monde pour voir l'apparition. En fait, c'étaient les débuts de la lanterne magique, il projetait simplement une image sur le ciel nuageux qui formait comme un écran mouvant.

– Certaines personnes prétendent guérir les brûlures par imposition des mains...

– On arrive à ôter ou à donner des brûlures à quelqu'un, me dit-il. Suivant le degré de suggestibilité, ça rougira un peu sur son bras. Certaines personnes très impressionnables ont une véritable brûlure.

– Certains gourous ont les stigmates...

– Là-dessus, le CIEEPP a un dossier. Nous proposons de refaire à la télévision, dans les mêmes conditions, certains de ces miracles. Mais il faut que les médias soient d'accord pour qu'on démystifie ce genre de choses. Or l'ésotérisme et l'occultisme se vendent bien.

– Et ces hommes qui, par leur force spirituelle ou leur concentration, diminuent la force de leur pouls et même arrêtent totalement les battements de leur cœur?... Et ceux qui ne sentent pas la douleur?... Et le « magnétisme » de certains gourous?... »

Je n'obtins de Ranky aucun dévoilement de ces tours. Un magicien est tenu par le code déontologique de sa profession. Néanmoins, tous ces tours sont en vente dans les magasins de magie...

→ Extraits du catalogue *Magicorama* que je lisais dans mon enfance :

N° 1659 : « [...] *Le spectateur qui vous assiste, constate, en effet, que la force de votre pouls diminue, puis disparaît complètement ; les battements reprennent quand vous le désirez.* »

N° 2287 : « *Le fakir tire la langue, la transperce de part en part à plusieurs reprises avec une longue et grosse aiguille, au grand effroi des spectateurs...* »

N° 8770 : « [...] *Sous la puissance de votre regard et de vos passes magiques, il vous sera facile d'hypnotiser ces animaux qui resteront en catalepsie jusqu'au moment où vous les libérerez de votre emprise magnétique.* »

Le 18 mars, j'obtenais de Mme H. l'autorisation de mentionner dans mon journal la lettre qu'elle m'avait envoyée un an auparavant. Cette lettre m'avisait que son fils mooniste avait été marié *« par Moon en 1982 au Madison Square Garden à New York »*. Mais surtout que ce couple mooniste, après avoir eu quatre enfants, venait d'en avoir un cinquième *« conçu pour le donner »* à un autre couple mooniste ne pouvant en avoir ! Ce qui s'était fait, en France, quelques mois auparavant. L'affaire était, à l'époque de cette lettre, entre les mains d'un procureur.

Évidemment, cette femme contestait l'acte de reconnaissance du faux père. *« D'abord pour l'enfant,* m'écrivait-elle, *pour qu'il ne perde pas ses origines et qu'il puisse savoir ce qu'on a voulu faire de lui.*

« Ensuite pour montrer que Moon, quoique silencieux en France, continue son emprise. On nous dit volontiers : il n'y a plus de moonistes en France, on

n'entend plus parler d'eux. Or vous avez écrit, dans votre livre[1] *:* "Leurs effectifs n'augmentent guère plus, dans notre pays, que par les naissances. Les conjoints sont appelés à procréer pour le "Père". Les couples stériles peuvent se voir attribuer l'enfant d'un autre couple mooniste, qui leur est donné avant même la naissance !"

« C'est exactement le cas de mon enfant. Sans doute vous êtes-vous appuyé sur un texte (ou un témoignage) pour l'écrire… »

À l'époque de cette lettre, j'avais juste quelques témoignages repris dans des journaux américains. Et puis un numéro de *Bulles*[2] reparla des dons d'enfants dans la secte Moon : *« Contrairement à ce que nous pensions à l'époque, il existe bien des instructions écrites et imprimées à ce sujet. Nous les avons trouvées dans* Blessed Family, *une publication mooniste destinée aux "familles bénies" (mariées par Moon)*[3]. *»*

→ Réponses (et questions) du « Rev. » Kwak Chun Hwan, l'une des autorités les plus révérées du mouvement mooniste :

1. *Le Grand Décervelage, enquête pour combattre les sectes, op. cit.* Devant la détermination de cette femme, le couple mooniste reprendra cet enfant donné frauduleusement.

2. N° 44, 4e trimestre 1994. Revue éditée par l'UNADFI.

3. « *Blessed Family* », 1er avril 1985, vol 4, Journal international pour les familles bénies du mouvement de l'unification, The Rose of Sharon Press Inc., GPO Box 2432, New York, NY 101 16.

« [...] *Le mieux, quand c'est possible, est d'adopter un enfant béni* [1].

« Question : « *Nous aimerions avoir un enfant pour un couple sans enfant. Devrions-nous avoir d'abord nos propres enfants ? Y a-t-il pour nous des directives à suivre ?*

« Réponse : [...] *Il est préférable que vous ayez d'abord un enfant à vous. Cela apportera de la consolation à votre cœur quand vous ferez cette offrande extrêmement précieuse. Il est également sage d'offrir l'enfant jeune, même avant la conception. Cependant ce n'est pas une condition nécessaire.*

« *Je répète que le plus idéal est d'offrir* [un enfant] *à un couple de votre trinité ou de votre niveau de bénédiction. Vous pouvez trouver un couple vous-mêmes ou informer votre figure centrale, ou le Département des Familles bénies, de votre intention de la faire, et cela peut être arrangé par eux.* »

La raison profonde de cette pratique s'éclaire-t-elle à la lueur de ces directives du Reichsführer SS Himmler ? « *Quatre enfants constituent le minimum nécessaire à un mariage bon et sain. En cas d'absence d'enfant dans un ménage, tout Führer SS devra adopter des enfants de bonne valeur raciale, et dépourvus de maladies héréditaires, les élever dans la doctrine nazie et leur donner une formation conforme à leur aptitude.*

1. Né de parents moonistes bénis en mariage par Moon.

« Pour éliminer les races inférieures, il faut que les plus purs représentants de la race nordique, les SS, fassent le devoir que leur dicte Himmler dans les statuts de l'association Lebensborn[1]. »

1. Olga Wormser-Migot, *Le Système concentrationnaire nazi (1933-1945)*, Presses universitaires de France, 1968.

Le 21 mars, on ne parlait plus dans les médias que d'un attentat au gaz sarin[1], dans le métro de Tokyo, qui avait fait la veille 10 morts (bientôt 11) et 5500 blessés ! La presse japonaise suspecta aussitôt, parmi 16000 « nouveaux mouvements religieux », la secte Aum Shin Rikyo, dirigée par Shoko Asahara[2].

1. Ce gaz, mis au point par les chercheurs nazis en 1938, s'attaque au système nerveux. Il provoque un arrêt des systèmes cardiaque et respiratoire en quelques minutes.

2. Né en 1955, au sud du Japon. Ayant un œil aveugle, il fréquente une école pour non-voyants. Il profite de sa demi-cécité pour exploiter ses compagnons. Il ouvre, au début des années quatre-vingt, une herboristerie et s'enrichit en vendant une potion faite d'épluchures de mandarines : vingt jours de détention et une amende. Puis il part faire une expérience d'ascétisme dans l'Himalaya. De retour au Japon, il dit avoir atteint l'illumination. En 1987, il fonde sa secte. Promesse de guérison de toutes les maladies, fortune dans ce monde, nirvana dans l'autre. Il prédit la fin du monde pour 1997…

→ Le Japon compte 180 000 sectes établies (bouddhisme, schintoïsme, christianisme). Cela ne signifie pas que ce pays soit profondément religieux. Sortes de « Karma-Cola[1] », ces mouvements profitent des exonérations fiscales accordées par l'État japonais aux groupes présentant un statut religieux. Leur soutien financier à des partis politiques est de notoriété publique, le plus connu étant le Komeito, parti politique de la secte Soka Gakkaï.

Soupçonner la secte Aum ne demandait pas une grande perspicacité. En 1989, l'avocat d'une association de défense de parents disparaissait avec sa femme et son enfant. Interpellé, le gourou démentait toute implication. En octobre 1990, sept dirigeants d'Aum étaient arrêtés pour violation de la loi nationale sur la terre. En juillet 1993, une centaine de voisins du siège de la secte Aum à Tokyo se plaignaient de vapeurs irritantes. En juin 1994, du gaz sarin tuait sept personnes dans un village de montagne à 300 kilomètres au nord-ouest de Tokyo ; deux cents étaient hospitalisées. Un mois plus tard, tout près du centre de la secte, de nouvelles traces de sarin étaient détectées ; comme les habitants s'inquiétaient, la secte Aum portait plainte contre une usine d'engrais chimiques locale !... En février 1995, un notaire d'Osaka dont la sœur cherchait

1. Cette expression signifie : bouddhisme à l'américaine ; bonheur dans la consommation.

à rompre avec la secte était enlevé par quatre membres de la secte. Shoko Asahara niait tout lien avec ce rapt... Le 5 mars 1995, onze personnes étaient hospitalisées après avoir respiré un gaz non identifié dans un train de banlieue. Le 15 mars, trois paquets contenant des produits toxiques étaient repérés dans le métro de Tokyo. Le 19 mars, trois membres de la secte étaient arrêtés pour complicité présumée dans l'enlèvement d'un étudiant. Des adeptes d'Aum distribuaient des prospectus prédisant la fin du monde dans le quartier commercial de Tokyo...

On s'étonne que tant de bruit et de scandales n'ait pas réveillé plus tôt la police japonaise et l'opinion publique. On s'étonne en général qu'il faille attendre un massacre, un point abominable de maltraitance ou des plaintes pour viols, pour que les services sociaux, la justice, la presse prennent conscience de l'urgence. Certes, des protections politiques et des intérêts économiques permettent aux sectes de se maintenir, mais l'entourage lui-même ne se rend souvent compte de rien. Cela tient à ce que les sectes ont une structure « en oignon »...

Cette image de l'oignon, que propose Hannah Arendt dans *La Crise de la culture,* pour expliquer le mode de fonctionnement interne du gouvernement totalitaire, s'applique précisément aux mouvements sectaires et explique en partie la cécité du public.

« Toutes les parties, extraordinairement multiples, du mouvement, expliquait Hannah Arendt, [...] *sont reliées de telle manière que chacune constitue la façade dans une direction, et le centre dans l'autre, autrement dit joue le rôle du monde extérieur normal pour une strate, et le rôle de l'extrémisme radical pour l'autre.*

« Le grand avantage de ce système est que le mouvement fournit à chacune de ses couches [...] *la fiction d'un monde normal en même temps que la conscience d'être différente de ce monde, et plus radicale que lui. Ainsi les sympathisants des organisations de façade, dont les convictions ne diffèrent qu'en intensité de celles des membres du parti, encadrent tout le mouvement, et fournissent une façade trompeuse de normalité au monde extérieur, du fait de leur absence de fanatisme et d'extrémisme... »*

Le monde extérieur avait comme premier aperçu de la secte La Citadelle, ses organisations culturelles, religieuses et professionnelles. La secte organisait chaque année, au château de Courcillon, un festival de musique classique, des stages internationaux, des « journées portes ouvertes » avec concert donné par des enfants de la secte[1].

1. Il y avait aussi des expositions de peinture, des conférences, etc. « Cette contribution culturelle (musicale, architecturale et picturale), dans le cadre des "Journées des Monuments historiques", se serait étendue aux lycées et collèges de la région si l'ADFI n'était passée par là. » In *Bulles*.

Les enfants pratiquaient un instrument de musique dès leur plus jeune âge, afin de donner à l'extérieur la preuve de la normalité de leur enseignement et de ses excellents résultats; mais aussi – sous prétexte que les heures de répétition étaient inconciliables avec un rythme scolaire normal – pour les déscolariser, donc les enfermer dans l'extrémisme radical de la secte.

Façade commerciale également : le gourou avait monté une société traitant du transfert de technologies de France au Japon et du Japon en France dont les bureaux étaient sur les Champs-Élysées. Quant aux professions exercées par les adeptes, elles étaient très honorables : industriels, enseignants, cadres commerciaux, assistante sociale, neurologue, chargé de mission... Enfin, leur ferveur religieuse, du fait de leur sincérité, n'éveillait aucun soupçon et jetait un écran de fumée devant les préoccupations pédagogiques fanatiques de ses dirigeants.

Le 22 mars, 2 500 policiers japonais munis de combinaisons de protection, de masques à gaz et de canaris en cage (extrêmement sensibles à la présence de gaz toxiques) perquisitionnaient dans les locaux de la secte Aum. Ils découvraient, dans un véritable labyrinthe de cloisons délimitant des douzaines d'alvéoles de 1,80 mètre de long sur 80 centimètres de large et 70 centimètres de haut, cinquante adeptes dans un état d'épuisement total[1].

Certains adeptes, dont des enfants, portaient un casque en tissu sur lequel étaient fixées des électrodes leur permettant de recevoir les ondes cérébrales de leur gourou ! Dans le roman de l'écrivain nazi Hans Dominik : *L'Ordre venu de l'ombre* (1933),

1. Certains n'avaient rien mangé depuis dix jours. La puanteur était extrême (les adeptes devaient très peu se laver afin que l'enseignement de Shoko Asahara ne soit pas dilué dans l'eau).

un ingénieur « *parvient grâce au "renforcement électrique" de son cerveau, fonctionnant à la manière d'un émetteur-radio, à tenir en échec et ensuite à chasser par télépathie les "sous-hommes jaunes" qui ont envahi l'Australie* [1] » !

1. *Nazisme et antinazisme dans la littérature et l'art allemand*, PUL, 1986.

« Il y a de l'immoralité à bien écrire. »

Gustave FLAUBERT,
Correspondance.

Le 23 mars, je terminais la lecture d'un roman de science-fiction de Ron Hubbard fort prisé par les critiques (scientologues) : *Final Black-Out*[1]. Le héros du roman, « le lieutenant », incarne au physique le modèle aryen : *« Une peu plus grand que la moyenne, blond avec des yeux gris-bleu. »* Au moral, il atteint la perfection scientologue : *« Il avait découvert que les émotions étaient bien plus dangereuses que les balles. Aussi, très tôt, il avait décidé de les refouler au plus profond de lui-même et de garder un entrain insouciant* […]. *Sans doute lui arrivait-il d'être bouleversé, mais il n'en laissait jamais rien paraître. Et nous ne saurons donc jamais rien du combat intérieur qu'il livrait peut-être pour étouffer ses émotions. »*

1. Coédité comme tout l'œuvre de science-fiction de Ron Hubbard par les Presses de la Cité et la maison d'édition scientologue New Era.

Quant à la troupe qui l'entoure, elle est composée d'adeptes parfaits : *« Ils avaient perdu leurs idéaux et leurs familles, ils avaient oublié leurs religions, mais il leur restait encore un dieu : le lieutenant. »*

Ce roman, pas plus que son héros, ne laisse passer la moindre émotion. Les faits de guerre y sont restitués comme dans un rapport de police. L'émotion, si on la trouve sous forme de lyrisme dans la littérature des partis dictatoriaux pour galvaniser les masses, disparaît complètement une fois installé le système totalitaire. L'écriture de *Final Black-Out* rend compte de ce dernier stade. Pauvre en vocabulaire, elle fait penser à la quatrième phase (« suppression ou mutilation de la langue ») que décrit Ismaël Kadaré dans *La Niche de la honte* : raréfaction du lexique, *« atrophie des particules et surtout des préfixes »*, *« engraissement de la syntaxe »* jusqu'à réduire la langue *« à un état de débilité semblable à celui d'un enfant arriéré et en poursuivre ensuite la mutilation »*.

On pense également aux principes du « Novlangue » esquissés par Orwell dans *1984 : «* [...] *Il y avait un très petit nombre* [de mots] *et leur sens était délimité avec beaucoup de rigidité. On les avait débarrassés de toute ambiguïté et de toute nuance. »* Et Orwell de conclure qu'il eût été impossible d'employer ce vocabulaire *« à des fins littéraires ou à des discussions politiques ou philosophiques »*.

Dans *Le livre qui dit la vérité*, Raël montre un

même souci d'en finir avec la littérature : « [...] *Ce qui compte ce n'est pas de faire de belles phrases mais de transmettre aux autres par la lecture des idées nouvelles.* » Estimant que « *les moyens audiovisuels sont encore plus importants* [...] *car ils sont plus complets* », il conclut que « *la littérature est provisoirement utile* ».

L'exigence des censeurs de *1984*, à savoir qu'un mot doit exprimer « *un seul concept clairement compris* », figure au début de chacun des ouvrages de l'Église de Scientologie : « *Pendant la lecture de ce livre, faites très attention à ne jamais aller au-delà d'un mot que vous ne comprenez pas. La seule et unique raison pour laquelle une personne abandonne l'étude d'un sujet, cesse de comprendre ou se révèle incapable d'apprendre est qu'elle est allée au-delà d'un mot dont elle ne comprenait pas le sens.* »

Le sens de ce mot sera donné à l'adepte par le « superviseur », suivant la méthode hubbardienne de « clarification de mots ». Le superviseur reprendra un à un les mots que l'adepte vient de lire et lui en demandera la définition. L'adepte devra trouver de lui-même la définition acceptée par la scientologie ou s'y adapter. La pensée étant véhiculée par les mots, toute idée hérétique, espèrent-ils dans leur délire, deviendra impossible !

On connaît, en effet, l'importance de l'emprise de la langue scientologue sur les adeptes. Claude Junqua, qui fit une grève de la faim devant le siège l'Église de Scientologie, à Paris, en août 1989[1], dut interdire à la présidente de l'Église venue lui parler sur le trottoir, de s'adresser à elle avec des mots scientologues. « *Elle tenta de "m'intrevertir"* », dit-elle dans son témoignage « *avec des tas de termes scientos, pensant que je réagirai encore…* »

Dans une lettre du 27 mars 1853, Gustave Flaubert, qui subit une véritable mutilation judiciaire de son œuvre *Madame Bovary*, à cause de la couleur de ses mots, de son acharnement au style, écrivait : « *La forme est la chair même de la pensée.* » Dans une autre lettre du 26 août 1853 : « *Le style c'est la vie ! C'est le sang de la pensée !* » En combattant le style, les sectes s'en prennent au « vent de la pensée » qui risque de sortir de leur sommeil, comme l'exprime Hannah Arendt dans *Considérations morales*, les pensées qu'elles ont soigneusement gelées.

1. Claude Junqua réussit, grâce à cette grève de la faim, à récupérer la somme de 400 000 francs que la secte lui avait soutirée.

Je l'ai pas fait
je suis innocent
je l'ai pas fait
je suis innocent,

chantait à la radio, le 24 mars, Shoko Asahara sur un air de comptine. Des Américains « spécialistes » des « nouveaux mouvements religieux » vont reprendre cette chanson. Parmi eux, Gordon Melton qui donnait, en octobre 1994, une conférence avec Massimo Introvigne dénonçant les « associations antisectes ». S'étant rendu au Japon après l'attentat dans le métro de Tokyo, avec d'autres spécialistes, il s'offusqua lors d'une conférence de presse (dans des locaux de la secte), des insupportables pressions policières et interpella les pouvoirs publics : « Résistez à la tentative de détruire une religion et de lui refuser la liberté ! »

L'un d'entre eux, James Lewis – considéré de même que Gordon Melton et Massimo Introvigne par La Famille (ex-Enfants de Dieu) et l'Église de Scientologie comme *« informant avec objectivité sur les religions et la liberté de religion*[1] » –, se dit consterné que l'on ait osé retirer certains enfants de la secte[2] !

* *
*

Une Internationale ou Amicale des sectes comprenant des sociologues, des historiens, des religieux, des légistes, des journalistes, tente de nier le caractère dangereux des sectes. À coups d'ouvrages, d'articles et de déclarations, ces spécialistes, sous couvert d'objectivité et de tolérance, s'acharnent à déréaliser le phénomène sectaire.

On retrouve les membres de cette Internationale dans des colloques, des revues et dans un ouvrage édité en janvier 1996 par le CESNUR-Di Giovanni[3], sous la direction de Massimo Introvigne et J. Gordon Melton, *Pour en finir avec les sectes.* Ce manifeste fut conçu, au dire de leurs auteurs, pour réagir contre l'avis de la commission d'enquête de l'Assemblée nationale qui, le 10 janvier 1996, publiait un rapport rendant coupables d'agissements contraires aux droits de l'homme cent soixante-douze mouvements dont La Famille, l'Église de Scientologie, Invitation à la vie,

1. *Freedom, special Report,* 1995.
2. Ils vivaient séparés de leurs parents, étaient entassés dans des dortoirs, dormaient quatre heures par nuit, n'allaient pas à l'école, n'avaient pas de jeux, étaient mis en quarantaine s'ils cherchaient à quitter la communauté.
3. CESNUR : Centre d'études sur les nouvelles religions.

le Mouvement raëlien, la Nouvelle Acropole, la Soka Gakkaï, les Témoins de Jéhovah, etc.

Outre les signatures de Massimo Introvigne, du père Jean Vernette[1] et Gordon Melton, on retrouvait Jean Baubérot (professeur à l'École pratique des hautes études et directeur du groupe de sociologie des religions et de la laïcité au CNRS); Luigi Berzano (prêtre du diocèse d'Asti et professeur de sociologie des religions à l'université de Turin); Régis Dericquebourg (maître de conférences à l'université Charles-de-Gaulle-Lille et membre du groupe de sociologie des religions et de la laïcité au CNRS); Antoine Faivre (directeur d'études, titulaire de la chaire d'histoire des courants ésotériques et mystiques dans l'Europe moderne et contemporaine à l'École pratique des hautes études); Philippe Gast (docteur en droit); Susan Palmer (professeur de sciences religieuses au Dawson College de Montréal); Émile Poulat (professeur et directeur d'études à l'École des hautes études en sciences sociales et directeur de recherches au CNRS); James T. Richardson (professeur de sociologie et directeur d'études sur la sociologie du droit à la University of Nevada); Olivier-Louis Séguy (avocat); Bryan R. Wilson (professeur émérite de sociologie à l'université d'Oxford)...

1. Notons également que figure, de façon regrettable, en page 351 de ce manifeste, le document du secrétariat de la Conférence épiscopale française.

→ Certains signataires du manifeste *Pour en finir avec les sectes* figurent dans le groupe de Thèbes dénoncé par Serge Faubert en novembre 1993[1]. Le journaliste décrivait ainsi les membres de ce groupe : *« De vieux routiers de l'extrême droite, un ancien des Brigades rouges, un autonomiste corse, un respectable professeur d'université italien très lié à la fois au Vatican et aux intégristes français, un responsable d'une organisation non gouvernementale militant en faveur de l'enfance, un intellectuel belge proche des nationaux-bolcheviques, les "rouges-bruns" russes, un sympathisant du professeur négationniste Faurisson… »*

Le *« respectable professeur d'université italien »* est évidemment Massimo Introvigne, membre de ce groupe de Thèbes, mais également de l'une de ses branches : le Cercle d'Alexandrie.

« *Le Cercle d'Alexandrie est le lien avec le monde universitaire ou académique, comme avec la scène extérieure,* lisais-je dans le compte rendu de la quatrième session du groupe de Thèbes, *le groupe de Thèbes doit rester en retrait afin de se consacrer à des questions essentielles* […] *Deux autres organisations existent de même type, ARES fondé par Antoine Faivre et Politica Hermetica.* »

Un peu plus loin dans ce compte rendu, je notais

1. « Derrière la magie et l'irrationnel… l'extrême droite et l'affairisme. Enquête sur le mystérieux groupe de Thèbes… le vrai visage des sociétés secrètes », in *L'Événement du jeudi.*

«parmi les prochains invités universitaires du Cercle d'Alexandrie» : Rémy Chauvin, Antoine Faivre, le professeur Melton...

Ces spécialistes ont en commun de nier les caractères sectaires de nombreux mouvements. Ils concèdent bien sûr l'existence de quelques sectes, mais ils les disent toujours très artisanales. Les organisations que les mouvements de défense désignent comme les plus dangereuses sont à leurs yeux de «nouveaux mouvements religieux» respectueux des lois. Les mouvements réellement nocifs seraient si petits que nous ne les verrions pas.

« Les "mouvements anti-secte", écrit Massimo Introvigne, *combattent les grands Nouveaux Mouvements Religieux, en général respectueux des lois – tels que les Moonistes, La Famille, la Scientologie, ils sont incapables de remarquer les groupes plus petits, moins stables, aux tendances apocalyptiques, qui sont ceux qui peuvent finalement devenir dangereux*[1]... »

Ces hommes accumulent une *« considérable »* documentation. Mais celle-ci semble, hélas, ne leur servir qu'à *« agrandir »*, comme l'écrit Pierre Vidal-Naquet à propos des historiens révisionnistes, *« surtout et considérablement, le registre du mensonge*[2] *»*.

Pour Antoine Faivre, la Nouvelle Acropole – secte

1. Cité in *Bulles*, n° 48.
2. *Les Assassins de la mémoire,* La Découverte.

dont l'idéologie fascisante a été plus d'une fois démontrée – ne serait qu'une simple école de philosophie *« de nature à stimuler des modes de pensée qui permettent aux individus de choisir librement leurs conduites de vie »* !

Notons que dans leur rapport *Les Sectes en France* du 10 janvier 1996, les parlementaires estiment que la Nouvelle Acropole provoque des *« troubles de l'ordre public »*. Ils notent : *« Les témoignages recueillis concernant la Nouvelle Acropole, assimilant la secte à un mouvement néo-fasciste, sont assez éloquents, en voici un extrait : "*[…] *Rentré dans une école de philosophie à la façade honnête, vous vous retrouvez très rapidement dans une secte aux visées politiques, au caractère d'extrême droite et de type néo-fasciste, et si vous ne réagissez pas extrêmement rapidement, vous risquez de vous retrouver en uniforme de style paramilitaire* […], *le brassard au bras, l'étendard dans une main, chantant des chants guerriers au rythme de musiques militaires, puis baissant la tête, le genou à terre, saluant le bras levé un rapace dans un soleil…" »*

Pour Susan Palmer, l'ouvrage fondateur du mouvement raëlien *La Géniocratie* (dont les idées ont été jugées *« contraires aux principes fondamentaux des constitutions des États démocratiques modernes et de la Convention des droits de l'homme et du citoyen*[1] *»*) n'aurait rien de répréhensible. Elle trouve pour

1. Jugement rendu le 7 décembre 1988.

argument : « *Les Raëliens insistent pour dire que la géniocratie se présentera comme un nouveau système électoral et devra être votée démocratiquement avant d'être instaurée...* »

Rappelons que Hitler reçut les pleins pouvoirs à la majorité parlementaire et qu'en Autriche il fut choisi démocratiquement par plus de 90 % des électeurs.

« *Il n'y a pas dans la démocratie,* dit Karl Popper, *de principe en vertu duquel la majorité a raison...* » Dans un État de droit, le peuple a le droit de se tromper.

Le père Luigi Berzano prêche pour la secte des Chevaliers du Lotus d'or, se fondant sur sa doctrine, l'Aumisme – « *mystique universelle et syncrétiste capable d'unir Orient et Occident* » –, et non sur ses escroqueries et ses atteintes à la dignité humaine.

Philippe Gast, mettant de côté une escroquerie médicale pouvant attenter gravement à la santé des adeptes, défend la secte Invitation à la vie en une sorte de publi-reportage[1].

Régis Dericquebourg défend les Témoins de Jéhovah. Mettant dans le même sac euthanasie et refus des

1. Docteur en droit que l'on retrouve, le 15 avril 1996, aux côtés de quarante autres personnalités, dont des avocats des Témoins de Jéhovah ou de l'Église de Scientologie, lors de la formation d'un « contre-observatoire » (présidé par le bâtonnier Pettiti, représentant la France auprès de la Cour européenne des droits de l'homme !). L'objectif de cet observatoire – qualifié d'« organisme objectif » par une responsable française de l'Église de Scientologie – était, selon le député Alain Gest, président de la commission d'enquête parlementaire sur les sectes,

transfusions sanguines, il estime que le problème est *« celui de mourir comme on le souhaite »*. Faisant fi de la manipulation mentale, fi des menaces d'exclusion et fi des enfants jéhovistes à qui on ne demande pas ce qu'ils souhaitent...

Etc.

Les méthodes de ces sympathisants présentent des similitudes avec celles que dénonce Pierre Vidal-Naquet dans *Les Assassins de la mémoire* :

• Prendre à la lettre, sans esprit critique, les déclarations des sectes quand elles les disculpent. C'est ainsi que dans *Pour finir avec les sectes*, Massimo Introvigne, afin de réhabiliter La Famille (ex-Enfants de Dieu), écrit qu'en 1995 la direction internationale du mouvement a solennellement regretté les maltraitances à enfants et déclaré par écrit devant le juge avoir été gravement dupée par son gourou David Berg (Moïse David).

C'est oublier que dans les sectes, le mensonge est la condition de la foi ! *« Les chrétiens naïfs qui*

---

d'*« effacer les exactions commises par les sectes »*. Ces *« avocats bien connus pour leur sympathie envers des clients qui sont des mouvements sectaires importants »* tentaient ainsi de *« décrédibiliser »* l'Observatoire national d'études des sectes mis en place à la suite du rapport parlementaire publié, en criant à la « chasse aux sorcières ».

rencontrent des membres de La Famille et qui croient en confiance ce qu'ils disent, sont réellement la risée des membres de la secte », témoignait un ancien adepte de La Famille en juin 1996[1]. Quelques mois après son reniement solennel de Moïse David, La Famille donnait une fête en son honneur à Innerthal, en Suisse !... Mais les adeptes sont également entraînés à émettre des mensonges en pleine conscience et avec une absolue bonne foi. « [...] *les Écritures montrent que dans le but de protéger les intérêts de la cause de Dieu, il est normal de dissimuler la vérité aux ennemis de Dieu »*, lit-on dans l'organe jéhoviste *La Tour de garde* (1er juin 1962).

• Ne jamais prendre contact avec les anciens adeptes qui seraient animés d'un esprit de revanche. À ce propos, les « spécialistes » tiennent un langage similaire à celui des adeptes auxquels ils semblent s'identifier. « *Sachez que les plaintes émanent le plus souvent de Témoins de Jéhovah exclus de la congrégation pour faute grave (adultère, fornication, drogue) »*, m'écrivait un correspondant jéhoviste...

• Dire que tout document interne accusant les sectes est « sorti de son contexte » ! Par exemple, le point 32 du formulaire scientologue dit confession de « Johannesbourg » : « *As-tu jamais couché avec la*

1. *Dialog Centret*, n° 63.

mauvaise race[1] *?* » devrait être remis dans le contexte de l'apartheid en 1961. (Mais alors pourquoi ne pas l'avoir supprimé des questionnaires de 1980 ?)

• Dire que les attaques contre les sectes seraient partisanes, en particulier d'essence communiste. Ainsi, dans la préface à *Pour en finir avec les sectes,* Massimo Introvigne écrit : *« Il est d'autre part intéressant de souligner que la revue de la gauche catholique,* Témoignage chrétien, *s'est faite l'écho des positions de M. Jean-Pierre Brard*[2]*, lequel a déclaré être "en communion" avec le père Trouslard. »*

• Pour ne pas être partisan, ne prendre contact qu'avec les sectes !

« Avez-vous pu visiter les usines chimiques ? le quartier général ? demanda-t-on aux "spécialistes" américains venus enquêter sur la secte Aum.

– Certes non, répondirent-ils, mais la secte nous a aimablement fourni photos et documents[3]... »

On pense aux trains d'intellectuels à destination de Berlin ou de Moscou dans les années 1930, aux voyages de maoïstes occidentaux en Chine, à cette

1. *« Have you ever made love to a person of the wrong race ? »*

2. Il est plusieurs fois souligné dans ce manifeste que ce député serait communiste.

3. *International Herald Tribune,* 9 mai 1995, et *Religion Watch,* juillet-août 1995.

négation de l'évidence, à cet aveuglement devant les chambres à décerveler.

De la manière la plus « objective », ils reçoivent leurs informations, analyses ou traductions des dirigeants de sectes. Dans un *Éthique et Liberté* de septembre 1984, je notais un entretien avec Jean-François Mayer intitulé : *Nouveaux mouvements religieux : La Hollande en exemple.* L'historien y donnait des extraits d'un *« rapport nuancé de la sous-commission créée en juin 1980 par la commission sur la santé mentale de la 2e chambre du Parlement hollandais »*, allant dans le sens de la Scientologie. C'est alors que je remarquai cette note en bas de page : « *Ne parlant pas le néerlandais, l'auteur de ces lignes se fonde sur une traduction française de la conclusion du rapport, cette traduction lui a aimablement été fournie par l'Église de Scientologie* »... !

M. Mayer se verra même offrir une croisière de trois semaines par le révérend Moon afin que lui soit expliqué ce qu'est son mouvement ; il participera à ses colloques et, une fois son texte écrit, le soumettra à la secte pour voir s'il n'a pas « commis d'erreurs ».

• Manier l'anachronisme. M. Mayer, dans un pamphlet intitulé *Une honteuse exploitation des esprits et des porte-monnaie,* entendait montrer qu'aujourd'hui ceux qui attaquent les sectes portent atteinte aux libertés, comme cela s'est passé naguère dans les polémiques contre l'Armée du Salut en Suisse. Il y mettait en parallèle les arguments utilisés aujourd'hui contre les « nouvelles sectes » et celles utilisées en 1883, accusant l'Armée du Salut de maux sectaires.

Peut-on assimiler notre actuelle liberté de pensée, de conscience, de religion avec ce qu'elle était au XIXe siècle[1] ? Ce procédé fut repris par le journaliste Henri Tincq dans *Le Monde* du 9 février 1996 : *« Ainsi n'est-il pas faux de rappeler que l'Armée du Salut* [...] *fut l'objet, au siècle dernier, des plus violentes campagnes, du type de celles qui sont à présent menées contre des groupes sectaires. »* Et le journaliste de mettre, par ce procédé, sur le même plan *« les femmes "salutistes"* [...] *accusées de harcèlement sexuel, pour des raisons de recrutement d'adeptes »* et les adeptes de La Famille (ex-Enfants de Dieu) dont certaines, fidèles à la doctrine de leur gourou Moïse David, se

1. L'abbé Pierre utilisera le même raisonnement pour défendre Roger Garaudy, amalgamant *« les fondateurs mythiques, Aaron et Josié, avec nos contemporains les citoyens d'Israël et, dans le même mouvement, avec tous les autres Juifs historiquement et géographiquement répartis à travers les siècles et le monde depuis les temps bibliques »* (*Le Secret de l'abbé Pierre,* M.-A. Burnier et C. Romane, éd. Mille et Une Nuits). Vidal-Naquet explique, dans *Les Assassins de la mémoire* que, pour arriver à faire du peuple juif l'« inventeur du génocide », les négationnistes citeront Samuel, I, 15, 1-3. : *« Maintenant va, frappe Amaleq, voue-le à l'anathème avec tout ce qu'il possède, sois sans pitié pour lui, tue hommes et femmes, enfants et nourrissons, bœufs et brebis, chameaux et ânes. »*

prostituèrent, obligèrent des enfants au *flirty-fishing* (« pêcher par le flirt »)!

• Qualifier les associations de défense des victimes des sectes de « groupes de pression » et d'« anti-secte ». Dire que ce sont elles qui provoquent les violences sectaires. Selon eux, Waco, Guyana, l'Ordre du Temple solaire ne portaient pas de responsabilité majeure dans leur destruction.

« Il faut éviter qu'un climat de suspicion généralisée contre tous les nouveaux mouvements religieux ne pousse des groupes et des leaders fragiles se sentant menacés à se donner à nouveau la mort », disait le père Jean Vernette dans *Éclair Pyrénées* d'octobre 1994, après la tragédie de l'Ordre du Temple solaire.

« On a vu les conséquences d'une intrusion dans la communauté de Jim Jones », dit Régis Dericquebourg[1] à propos du « suicide » collectif de Guyana.

• Dire que les organisations de défense des victimes des sectes *« multiplient les travaux non scientifiques basés sur des préjugés[2] »*. Me Garay écrit : *« [...] L'activité de ces associations se concentre quasi exclusivement au niveau de l'information du public et des*

1. *Psychologues et Psychologies*, n° 112, avril 1993.

2. Massimo Introvigne in *Instauration d'un droit de persécution ? Réponse au rapport de la commission d'enquête sur les sectes*, 6 février 1996, in CESNUR.

journalistes. Très rarement, ces associations ont exploité les travaux des chercheurs : juristes, sociologues et historiens par exemple, accusés rapidement d'être des affidés des sectes. »

Comprenez les Massimo Introvigne, Régis Dericquebourg, Jean Baubérot dont on retrouve (de même que Louis Pauwels, Louis Hourmant, Jean Vernette...) des articles dans la « contre-offre de preuves » produit par Me Garay pour la défense de la secte des Témoins de Jéhovah dans l'affaire du journal *Le Pays Haute-Saône*[1].

Certes, les associations comme l'UNADFI ou le CCMM ne forment pas un cénacle d'universitaires « *juristes, sociologues et historiens* ». Leurs membres combattent simplement, au vu de ce qu'ils voient et entendent. Au regard du comportement des bénévoles des Associations de défense des victimes de sectes, l'attitude de ces « spécialistes » qui tentent de légitimer leurs propos par des discours universitaires me fait penser au passage de *1984* dans lequel Winston Smith prend conscience qu'il doit lutter contre le Parti :

« *Son cœur faiblit quand il pensa à l'énorme*

1. L'association cultuelle les Témoins de Jéhovah de France portait plainte en diffamation contre ce journal et son journaliste Francis Laffon avec lequel je m'étais entretenu pour un article intitulé « Les sectes sont pires que la drogue », Massimo Introvigne et Régis Dericquebourg étant cités comme témoin par Me Garay.

puissance déployée contre lui, à la facilité avec laquelle n'importe quel intellectuel du Parti le vaincrait dans une discussion, aux subtils arguments qu'il serait incapable de comprendre, et auxquels il serait encore moins capable de répondre. Et cependant il était dans le vrai. […] *Les pierres sont dures, l'eau humide, et les objets qu'on laisse tomber se dirigent vers le centre de la terre.* »

• « Relativiser ». Dire que la société tout entière est sectaire et manipulatoire…

« Pourquoi les mêmes pratiques agressives de marketing et de recrutement sont-elles considérées comme licites dans le domaine commercial et illicites dans le domaine symbolique[1] *? »* demande Jean Baubérot. *« Où cesse le libre arbitre de l'individu et où commence la manipulation par le groupe ? Où s'arrête l'appartenance à une communauté chaleureuse et où commence la manipulation par le groupe ? »* renchérit Henri Tincq dans *Le Monde* du 18 avril 1996[2]. Et, reprenant

1. Les 5 et 6 février 1996 au colloque de l'Association française de sociologie des religions.

2. Le rapport parlementaire *Les Sectes en France* avait répondu à cette objection de Baubérot et Tincq : *« Une des personnalités auditionnées par la Commission a ainsi présenté la défense qui pourrait être invoquée par les sectes : "Tout est manipulation, il n'y a rien à faire. Le commercial, le politique, le processus amoureux, la discussion démocratique, la publicité, la télévision, tout vise à manipuler les personnes…" »*

les arguments des « spécialistes », le journaliste enchaîne : *« Comment définir de manière indiscutable des critères de nocivité ? Qui même est habilité à les établir ? Les anciens adeptes ? Leur jugement ne peut être serein. Les associations de défense ? On leur reproche des méthodes identiques à celles qu'elles prétendent combattre*[1]. »

• Minimiser la portée des crimes commis par les sectes, sous prétexte qu'il ne faut pas les diaboliser.

Nous retrouvons, à propos des actes de profanation au cimetière de Toulon ou de Carpentras, un même *« regard étonnamment calme »* de Mgr Vernette, *« spécialiste des sectes et des nouveaux mouvements religieux »*, comme le dit Sabine Gignoux dans *La Croix* du 12 juin 1996.

Après avoir dit qu'il y a eu, à Toulon, *« atteinte à un mort et cette image, en elle-même, est très violente »*, et ajouté qu'il valait *« mieux s'en tenir à une analyse sereine, sans entrer dans le jeu de la violence »*, Mgr Vernette déclarait que cette profanation de Toulon devait être avant tout considérée comme un *« acte de transgression d'adolescents »*. *« À cette période*

1. Régis Dericquebourg louait l'attitude d'Henri Tincq dans *Psychologues et Psychologie* n° 112 : *« À l'exception de journalistes qui font un réel effort de compréhension – je pense par exemple à Henri Tincq du* Monde *qui a essayé de comprendre le phénomène religieux minoritaire –, les médias écrivent toujours le même article… »*

de la vie, où l'on recherche l'opposition à l'autorité, certains jeunes peuvent être séduits par le satanisme... [...] *Certains ingrédients peuvent aider à cristalliser le passage à un tel acte.* » De quels « ingrédients » voulait parler Mgr Vernette ? Je m'attendais au racisme, à l'antisémitisme, au néo-nazisme, etc.

« *Le pouvoir désinhibiteur de l'alcool ou de drogues, l'émulation ressentie au sein d'un groupe, peuvent être de ceux-là...*, répondait le journaliste de *La Croix. Et l'on songe inévitablement à l'autre affaire de profanation, celle de Carpentras (Vaucluse), où la piste la plus sérieuse actuellement étudiée par les enquêteurs semble désigner des lycéens qui se seraient laissé entraîner par la fiction trop réelle d'un jeu de rôle...* »

Quelques semaines plus tard, les journaux révélaient que la profanation de Carpentras aurait été commise en l'honneur de Hitler par cinq skinheads appartenant à la frange la plus dure de l'extrême droite ; qu'elle fut conçue au nom de la race, comme une *« épreuve initiatique »* ; qu'elle fut préméditée plusieurs mois à l'avance et menée comme une *« opération militaire »*. Enfin, que les cinq profanateurs s'étaient volontairement *« abstenus de boire »* avant et pendant l'exécution de leur forfait...

→ L'étude du sectarisme montre combien devenir un homme est tisser des liens. À force de se « blinder » contre l'injustice, disait Hannah Arendt, nous risquons de nous réveiller un matin changés en ce scarabée que décrit Kafka dans la *Métamorphose.*

• Insinuer que le concept de manipulation mentale utilisé par les associations antisectes ne serait pas exempte de racisme. *« Le fait que certaines nouvelles religions proviennent d'une culture qui n'est pas occidentale et aient été dirigées par des étrangers ne devrait pas être négligé pour comprendre la propension à appliquer les théories de lavage de cerveau... »*, écrit James T. Richardson dans *Pour en finir avec les sectes.*

Jean Baubérot s'insurge. On parlerait *« des membres des sectes comme de "sous-hommes" par rapport à la société globale* [1] ». Ce terme fort vague de société globale signifie, pour Jean Baubérot : *« mentalité dominante »*. Cette généralité lui permet d'enterrer le problème politique que posent les sectes. Il estime que ce qui nous *« guette le plus »* n'est pas un *« totalitarisme d'extrême droite ou d'extrême gauche »*, mais un *« totalitarisme d'extrême centre »*. Donc, luttons contre nous-même. Nous sommes tous coupables ! Ce qui permettra toujours d'innocenter les responsables...

• Surtout : faire sauter le verrou du mythe manipulatoire. Les adeptes auraient l'entière responsabilité de leurs choix. *« Quand quelqu'un s'engage dans un*

1. Entretien in *Le Figaro* le 4 juillet 1996.

groupe, l'engagement est libre », déclare encore Jean Baubérot au *Figaro*. Ainsi dégage-t-il la responsabilité des gourous.

En résumé, que disent-ils ? « Nous refusons de croire aux crimes des sectes parce que les sectes n'existent pas ! » Comme ces malheureux qui, atteints du « délire des négations » (syndrome de Cotard), refusent de manger parce qu'ils n'ont plus de bouche…

Le 26 mars, j'ai rendez-vous avec…, au café-restaurant…, rue…, pour rencontrer M… Cette personne atteinte d'une grave maladie, le/la…, fut envoyée par une importante association française, la …, au centre de…. établi à… où M… devait, pendant… semaines, reprendre des forces.

Ce centre de… était géré par un couple, M. et Mme… appartenant à la puissante secte internationale, la « … »! Les conditions d'hygiène y étaient lamentables; la nourriture aussi avariée que le suivi psychologique; les propos sadiques, racistes et fascisants.

Pensant le convertir au… Mme… l'amena à…, pour une réunion de cette secte.

S'étant enfui, M… raconta son histoire à M…, dirigeant de l'association…, qui classa l'affaire en lui tenant ces étonnants propos : « …………………! »

M… a trop peur de témoigner.

Si je remplissais les blancs, je ruinerais sa vie. L'association qui l'a envoyé dans ce centre ne lui viendrait plus en aide[1].

1. Selon un appel téléphonique reçu alors que je remettais ce texte à la fabrication, M… aurait disparu cinq jours après notre entretien.

Le 28 mars, je lisais dans une dépêche AFP que la secte Aum possédait quinze « ministères » (« de la Santé », « de la Science et de la Technologie », « de la Culture », « de l'Éducation », etc.). Voulant donner l'impression à ses adeptes qu'elle était prête à prendre le pouvoir, la secte avait reproduit les institutions politiques de la société. Quelle similitude avec le mouvement nazi lorsqu'il se préparait au pouvoir ! Les nazis créèrent *« une série de faux ministères qui étaient modelés sur l'administration régulière de l'État* [...] *un monde parfait d'apparences, dans lequel chaque réalité du monde non totalitaire avait sa réplique servile et charlatanesque »,* écrit Hannah Arendt dans *Le Système totalitaire.*

→ Dans l'État de *1984,* le ministère de la Vérité, de la Paix, de l'Amour, de l'Abondance fonctionnent réellement mais selon un code différent. Le ministère de la Vérité s'occupe de l'éducation et des beaux-arts ; le ministère de la Paix s'occupe de la guerre ; l'Amour s'occupe de la loi et de l'ordre, l'Abondance des affaires économiques...

Le 29 mars, relisant la dépêche AFP à propos d'Aum, je butais sur ces quelques mots : *« Au sommet de la secte, le gourou. »* Cette habitude quasi générale de donner aux sectes une structure pyramidale, et donc inégalitaire, ne permet pas de comprendre profondément le système sectaire.

On retrouve cette idée reçue dans le rapport parlementaire de 1996 : *« La plupart des sectes, poursuivant en cela une évolution depuis longtemps entamée, sont organisées sur* ***un modèle pyramidal*** *garantissant l'exercice du pouvoir au profit d'une personne (le gourou) et/ou d'une élite restreinte.*

« Comme toutes les structures pyramidales, elles reposent sur une coupure entre les adeptes de base et les dirigeants, tempérée par l'existence d'échelons intermédiaires, dont le nombre se réduit au fur et à mesure que l'on progresse vers le sommet[1]. »

1. Jean-Marie Abgrall lui-même, dans son intéressant ouvrage *La Mécanique des sectes*, Payot, 1996, écrit que *« la*

La structure pyramidale ne permettrait pas à la secte une efficace manipulation mentale ! Les coupures ne doivent pas exister. Il doit y avoir « processus d'échange ».

Hannah Arendt, dans *La Crise de la culture*, propose cette traditionnelle pyramide, qui érige l'inégalité en principes, comme image du « gouvernement autoritaire ». Un édifice *« où le siège du pouvoir,* dit-elle, *se situe au sommet, d'où l'autorité et le pouvoir descendent vers la base de telle sorte que chacune des strates successives possède quelque autorité, mais moins que la strate supérieure... »*.

Or les adeptes d'une secte sont « également » dépourvus de pouvoir. Un gouvernement autoritaire, donc inégalitaire, présente ce défaut radical de permettre, de provoquer l'affrontement ; donc de produire une liberté.

La structure du « gouvernement tyrannique » se rapproche plus de la secte. Le tyran, écrit Hannah Arendt, *« gouverne seul contre tous ; et les "tous" qu'il oppresse sont tous égaux* [...] *une masse d'individus soigneusement isolés, désintégrés... »*

Ces qualificatifs « isolés », « désintégrés », caractérisent le travail préalable à l'établissement de la totale égalité sectaire.

---

structure pyramidale est fondamentale pour la SC (secte coercitive). Garante du secret, elle est aussi et surtout la condition sine qua non *de la coercition, car elle suppose une hiérarchisation du savoir, du pouvoir et des bénéfices »*.

En fait, le gourou se situe non pas au sommet mais au centre de la secte… L'image de l'oignon proposée par Hannah Arendt pour le gouvernement totalitaire s'accorde une fois de plus à ce que nous savons des sectes. Le chef occupe *« une sorte d'espace vide »*, où il agit de l'intérieur protégé par les initiés du cercle intérieur.

> → Aloïs B. : *« Roger Melchior faisait des prophéties dès qu'il avait le sentiment que la structure commençait à s'effriter. Mais il lui fallait aussi des relais à son autorité, et donc des êtres capables du "don de prophétie". Il ne pouvait s'agir que de membres de la "sainte famille", mais seulement après son visa pour "don de discernement". »*

Ces initiés du cercle intérieur, répandant autour du gourou *« une aura de mystère impénétrable »*, lui prêtent des charismes, des dons supérieurs… Jean-Pierre Sironneau, dans *Sécularisation et Religions politiques*[1], raconte qu'un jour de 1er mai, Goebbels, l'un des grands initiés du Reich, *« prolongea son discours aussi longtemps qu'il fut nécessaire pour que le soleil sortit des nuages et illuminât le Führer lors de son apparition devant la foule assemblée »*.

Cette image de l'oignon permet de mieux comprendre la personnalité et le comportement du gourou. Dans

1. *Op. cit.*

cet espace vide, le gourou est également vide. Le Reichsführer SS Himmler, objet de fascination pour ses soldats, « *n'était ni un homme exceptionnel ni un cas pathologique. Il n'avait pas deux visages. Il n'était jamais intéressant* », dit le professeur Karl Gebhardt, lors du procès de Nuremberg. Il y a un « *processus d'échange* », écrit Pierre Ayçoberry, entre la personnalité médiocre du leader et ces gens qui, « *par besoin de grandeur, le promeuvent grand homme*[1] ».

> → Dans son roman *Confessions du pêcheur justifié*[2], James Hogg ne donne pas non plus à son maître une forme diabloïde. Au contraire, celui-ci coule ses traits dans le moule d'autrui. « *Quelle fut ma stupeur de m'apercevoir qu'il était le même être que moi !* raconte le malheureux héros. *Les vêtements étaient les mêmes jusqu'au plus petit détail, identique était la silhouette, et l'âge apparent ; et la couleur des cheveux, et les yeux, et dans la mesure où je pouvais me fier au souvenir de mes propres traits vus dans ma glace, les traits aussi étaient identiquement les mêmes.* »

Le gourou est l'incarnation du groupe. Shoko Asahara donnait à boire de son sang, vendait ses poils

1. In préface à J.-P. Stern, *Hitler (Le Fürher et le peuple)*, Flammarion, coll. « Champ ».

2. Gallimard, coll. « L'Imaginaire ». Ce roman du XIXe siècle, d'une haute tenue littéraire, décrit avec acuité le sectarisme.

de barbe (275 dollars le centimètre), l'eau de son bain (800 dollars le litre). Le gourou revendique naturellement tous les actes ou pensées des adeptes. Son autorité interne est absolue.

« Notre vie était contrôlée dans le moindre détail », me racontait Aloïs B. « Les couverts du gourou, par exemple, devaient faire l'objet d'un soin particulier. Par le café qui lui était préparé le matin, il était en mesure, disait-il, de sonder notre santé spirituelle. La crainte de devoir préparer son café était réelle… »

> → En Chine, dans la Cité interdite, la moindre bévue commise par un eunuque au service de son maître était punie de bastonnade. Allumer sa pipe, par exemple… « *Il était opportun d'être fin psychologue et de comprendre rapidement à quel rythme il tirait sur le tuyau, combien de temps il s'arrêtait entre chaque bouffée et combien de pipes il désirait fumer pour lui présenter l'embout au bon moment et rallumer le fourneau ni trop tôt ni trop tard…* » Et l'eunuque Chun Hue concluait : « *Toutes ces pantomimes n'avaient de but que notre asservissement*[1]. »

Enfin, son portrait est omniprésent dans toutes les sectes et semble disposé de telle sorte que ses « *yeux semblent suivre celui qui passe…* » (Big Brother, in *1984*.)

1. *Mémoires d'un eunuque dans la cité interdite*, Picquier.

« Ainsi, pour la littérature, j'établirais, ce qui sera facile, que le médiocre, étant à la portée de tous, est le seul légitime et qu'il faut donc honnir toute espèce d'originalité comme dangereuse, sotte, etc. »

Gustave FLAUBERT,
lettre du 17 décembre 1852.
Projet d'un *Dictionnaire des idées reçues.*

Le 4 avril, je relisais la fin de *Madame Bovary*, ce roman qui valut à Gustave Flaubert d'être condamné pour exercice illégal de littérature. « *On me conseille d'effacer quelques endroits désignés par l'accusation,* disait-il. *Mais cela m'est impossible. Je ne mettrai pas, pour plaire à l'autorité, des absurdités – sans compter que le procédé me paraît une vraie couillonnade, si l'on peut s'exprimer ainsi.* »

La censure que connut Flaubert, de même que celle des auteurs dont l'œuvre fût brûlée par un parti ou une Église, interdite par une autorité judiciaire, n'est rien à côté du « couteau sans lame ni manche » de la réécriture, de la réduction d'une œuvre d'art à l'état de pacotille... « *Bien des grands auteurs du passé ont survécu à des siècles d'oubli et d'abandon,* écrit Hannah Arendt, *mais c'est encore une question pendante de savoir s'ils seront capables de survivre à une version divertissante de ce qu'ils ont à dire* [1]. »

Un article du *Monde* décrivait un tel exercice de « divertissement » adapté à l'art cinématographique. Le but des transporteurs qui diffusent des films dans les avions serait de « *faire oublier aux passagers qu'ils sont enfermés dans un appareil, à dix mille mètres d'altitude. Tout film qui en évoque les risques est banni.* [...] *Éliminés également ceux qui susciteraient l'angoisse.* [...] *Un film "avionable" est un film incolore, et sans odeurs.* » Comme peu de films sont « avionables », on réduit les facteurs d'excitation, on renforce les composants sédatifs sans en changer l'histoire.

L'imagerie de propagande des sectes et du Nouvel Âge (musiques planantes, peintures oniriques, psychédéliques, écologiques, magiques, etc.) ressemble beaucoup à celle que l'on peut voir dans ces magazines dépourvus d'images agressives ou même surprenantes offerts aux passagers des compagnies aériennes[2]. Comme si les gourous voulaient faire oublier à leurs adeptes qu'ils sont enfermés dans un appareil, à des

1. *La Crise de la culture*, *op. cit.*

2. Selon une étude commandée par Air France, ces magazines sont essentiellement consultés lorsque le passager a besoin de distraire son angoisse : atterrissages, décollages et trous d'air.

kilomètres d'altitude, et qu'ils ne pourront plus jamais, à moins de catastrophe, se poser sur le sol, mais monter toujours plus haut, dans une révolution perpétuelle.

Pour hâter le jour où toute pensée sera, comme le dit George Orwell, *« vaporisée »*, la secte s'acharne, au nom de la morale, de l'épanouissement du groupe, à détruire la spontanéité, à créer artificiellement la stérilité, selon un processus parfaitement expliqué par Jorge Angel Livraga, fondateur de la secte la Nouvelle Acropole : *« L'artiste peut être éduqué pour s'améliorer pourvu qu'il harmonise sa vie et spiritualise son caractère. Nous savons qu'il y a beaucoup d'hommes et de femmes appelés artistes qui deviennent stériles, si on les règle ou les polarise. Mais leurs créations étant incomplètes, il vaut mieux qu'elles ne naissent pas*[1]. »

Le résultat est un art impersonnel. *« J'en étais arrivé à vouloir réaliser un dessin sacré, sans ego* [...] *au lieu d'un dessin sans ego, j'aboutissais à un dessin sans personnalité*[2] *! »* commentait le dessinateur de bande dessinée Moebius à propos de la secte Iso-Zen à laquelle il appartint pendant sept ans.

1. *Idéal politique,* éd. Nouvelle Acropole.

2. *Moebius (entretiens avec Numa Sadoul)*, Casterman, 1991. Les sectes sont cantonnées à un art impersonnel, quelles que soient leurs prétentions. *« Nul doute que l'application de la Dianétique au domaine de l'art donnera naissance à un boom artistique sans précédent »*, écrit Ron Hubbard dans *La Dianétique*. Quarante-six ans après son invention, on attend toujours. *« Par ses initiatives, ses encouragements, sa reconnaissance envers tout*

Mais pour les sectes, l'art impersonnel, de même que le divertissement, la castration[1], le pilonnage ne sont qu'un passage; leur obsession est de créer une nouvelle race de langue! Construire une langue qui ne serait rattachée à aucun passé. Une langue sans origine culturelle, amputée de l'art et des coutumes des peuples donc sans passé, sans légendes ni contes. « *Une des choses les plus importantes pour réaliser une véritable union des peuples de la Terre est la création d'une langue,* écrit Raël dans *La Géniocratie*, [...] *il faudra que cette langue ne puise ses racines dans aucun des langages qui existent actuellement. Une langue nouvelle et cent pour cent synthétique en quelque sorte.* »

* *
*

Ce passage où Gustave Flaubert décrit l'agonie d'Emma Bovary : « *Sa poitrine aussitôt se mit à haleter rapidement. La langue tout entière lui sortit de sa bouche; ses yeux, en roulant, pâlissaient comme deux globes de lampe qui s'éteignent, à la croire déjà morte,*

---

ce qui est beau et chaque œuvre réussie, le Führer a déclenché un courant d'énergie qui a libéré la vie artistique de son engourdissement, de sa banalisation, de sa contorsion des dernières années », annonçait le quotidien du parti nazi, du 16 août 1934. (Cité par Lionel Richard, *Le Nazisme et la Culture*, Complexe.)

1. « [...] *châtrer* [un roman] *tel que l'eût pu écrire une foule en collaboration* » (Alfred Jarry).

sans l'effrayante accélération de ses côtes, secouées par un souffle furieux, comme si l'âme eût fait des bonds pour se détacher. »

...donnerait à peu près dans la langue de synthèse imaginée par Orwell :

« *Sa poitrine plushaleta*[1]. *La langue lui sortit de sa bouche; ses œils*[2] *inbrillaient*[3] *comme une lampe qui inallume, à la dire invivante, sans l'incalme accélération de ses côtes, secoué par un doubleplussouffle.* »

En fait, ce passage serait encore inacceptable pour la secte. Car il diffuse des « énergies négatives », son style reste métaphorique, etc. Pour le traduire en novlangue, en scientolangue ou raëlangue, il faudrait également en changer le sens. Faire, par exemple, d'Emma Bovary un être satanique ou suppressif, ce qui justifierait la description infernale de son agonie. Mais, là encore, il faudrait détordre la phrase, supprimer tous ces mots inutiles... En fait, il ne pourrait être traduit que par un seul mot : « crimepensée ».

1. On renforce le sens d'un mot par le préfixe « plus » ou « double plus ».

2. Les pluriels sont marqués par un s ou es dans tous les cas.

3. Afin de réduire le nombre des mots, on forme le contraire en ajoutant le préfixe « in ». Mauvais = inbon, etc. Tout mot difficile ou jugé inutile est supprimé.

Le 5 avril, je rencontrai Mme P. Son fils écrivit cette lettre accusant l'Église de Scientologie, quelques heures avant de se suicider.

« À celle que j'aimais et avec qui la vie
semblait sans limite dans le
bonheur. À qui je devais payer Sciences Po,
qui avait 24 ans et moi 29 qui était noble
belle honnête intelligente et qui me rendait
heureux de joie et de bonheur. Au grand amour
que nous aurions vécu à la vie des enfants
que nous aurions, si la (scientologie) "Église"
de scientologie n'existait pas.

À ces irresponsables malfaisants, à la
loyauté envers mon couple. Au bonheur de
l'intimité de vivre à deux.

Elle était unique.

À ceux qui se mêlent de notre vie privée.

À ces inconscients,

À ces malheureux, au sordide, que je plains avec compassion

Aux gens que j'aime. À elle
À Hadhoum
la plus intelligente
que

(Signature.)

« C'était un de ces penseurs attentifs qui voient toujours un grain de sable avant une maison. »

LICHTENBERG,
Aphorismes.

Le 6 avril, les journaux parlaient de la découverte, au fond d'un sanctuaire appartenant à la secte Aum, d'armes bactériologiques[1] ainsi que de documents concernant la technique d'enrichissement de l'uranium[2]. La police arrêtait Masami Tsuchiya, « chef de l'unité chimique » ; de même que Seiichi Endo, « ministre de la Santé », docteur en médecine et chercheur au département des maladies virales à

1. Un stock de souches de *Clostridium botulinum* que deux hélicoptères télécommandés achetés en 1993 devaient répandre.

2. La secte aurait possédé suffisamment de produits pour tuer des millions de personnes. Le gaz de combat produit par la secte était 500 fois plus puissant que le cyanure.

l'université de Tokyo; Hideo Murai, « ministre de la Science et de la Technologie », diplômé d'astrophysique, et recherchait une trentaine de jeunes diplômés universitaires qui travaillaient au sein de l'« Agence scientifique » ou « ministère de la Science et de la Technologie ».

On s'étonne souvent que des médecins, des chercheurs en sciences dures, des ingénieurs travaillant dans des entreprises renommées puissent vivre dans des organisations sectaires, et parfois collaborer à leur œuvre criminelle. Les chiffres sont en effet surprenants. Sur les 350 adeptes de la secte de Saint-Erme, 72 étaient des médecins[1] ! Selon de récentes données établies par la Statistique Canada, les diplômés de l'université représenteraient, au Québec, un quart de la population des sectes. Alain Gest notait, dans la préface au rapport parlementaire de 1996, que les adeptes des sectes émanent *« principalement des professions scientifiques, médicales, plus généralement de catégories socioprofessionnelles disposant d'un bon niveau de formation »*.

On s'étonne ?... Pourtant les scientifiques ont rarement montré une grande lucidité en matière de

1. A IVI, agissent des professeurs de médecine; le neurologue Benoît Frappé est membre de la Méditation transcendantale et candidat de son parti politique, le Parti de la loi naturelle; le chirurgien ophtalmologiste François Pithon est membre du Mouvement raëlien; et bien d'autres médecins sont scientologues, Témoins de Jéhovah, etc.

politique. Ce sont des savants de grande valeur qui ont construit les armes atomiques, puis ont imaginé qu'ils seraient consultés sur leur utilisation ! C'est un physicien (prix Nobel de la paix) comme Sakharov qui accepta – *« tombé dans le "piège à rat", dans le trou noir intellectuel d'une idéologie qui prétend connaître le cours futur de l'histoire*[1] » – de travailler aux bombes soviétiques, d'étudier un projet de torpille pour transporter ces bombes et, lors de chaque essai nucléaire, que soient irradiés des milliers d'individus...

Selon le spécialiste des religions Susumu Shimazone, la plupart des scientifiques sont *« d'autant plus vulnérables au message des sectes qu'ils souffrent d'un sentiment d'isolement* [...], *ils ont des diplômes mais, pour beaucoup, font partie de cette catégorie de spécialistes bornés qui, sortis de leur sphère, ne connaissent rien*[2] *»*.

« Quand on prétend améliorer la race chevaline, me disait Albert Jacquard, entendons par là que l'on améliore la capacité des chevaux à courir sur une piste. Quand on prétend améliorer la capacité des scientifiques à comprendre l'univers, comprenons qu'on élimine chez eux toute réflexion "à côté". »

« Leur information sur le monde, continuait Susumu Shimazone, *passe uniquement par les médias. Ils vivent*

1. Karl Popper, *La Leçon de ce siècle*, 10/18.
2. Cité par Philippe Pons dans *Le Monde* du 13 avril 1995.

dans l'univers virtuel des images, bombardés de flashes sans cohérence entre eux. Cette absence d'intelligibilité engendre chez eux une naïveté qui les rend vulnérables à des explications surnaturelles. »

« Ils savent presque tout sur une molécule, me disait Albert Jacquard, ce qui ne les satisfait pas en tant qu'individu se posant les questions essentielles de l'être humain. La science ne répond à aucune. Ils se retrouvent dans la même situation que le paysan analphabète du Moyen Âge allant trouver son curé. »

Cette description du monde scientifique explique l'attirance de certains savants vers une forme d'irrationnel. Mais pour qu'ils aient utilisé cette poudre toxique qu'ils avaient fabriquée, il fallait bien que Shoko Asahara les ait persuadés d'un plan divin et qu'ils arriveraient à un état de « conscience supérieur » qui leur permettrait de faire de formidables découvertes...

En fait, de même que des croyants catholiques peuvent faire à IVI une fausse prière, les physiciens peuvent être séduits par la « Pataphysique ». Car les gourous n'empruntent pas à Ubu roi que son cynisme ou sa pompe à Phynances, mais aussi sa *« science des solutions imaginaires... »*

« Créez la réalité que vous préférez ! Décréez la réalité que vous ne désirez plus expérimenter ! » leur dit-on au mouvement Avatar. Quoi de plus séduisant !

Vous voulez devenir le meilleur tireur du monde ? Tirez au hasard. Puis déplacez votre cible de façon à ce que son centre coïncide exactement avec l'impact de votre balle…

Vous voulez être le savant des savants ? Prenez le postulat le plus fou et créez autour un environnement cohérent, une action cohérente.

Shoko Asahara avait dit à ces scientifiques que par divers techniques de yoga ils posséderaient ce fameux « sixième sens », qui n'est en fait que la faculté de perdre progressivement toute faculté d'expérimenter, pour ne plus faire de distinction entre la réalité et la fiction. Ces scientifiques vivaient enfin leurs rêves[1] !

> → *« À Iso-Zen, le film de Georges Lucas,* La Guerre des étoiles, *n'est pas de la science-fiction,* écrit Isabelle Sebagh dans *L'Adepte*[2]. *C'est un documentaire. Il ne fait que décrire une* réalité. […] *quand nous quittons la salle, le scénario continue… »*

1. Les sectes pourront bientôt travailler ce « sixième sens » grâce à la *Réalité virtuelle.* Je lisais dans un *Multimedia solutions*, 1995, un commentaire sur un exercice de « ski en chambre ». Dispositif : des bâtons de ski montés sur vérins, des lunettes stéréoscopiques et des patins mobiles fixés sur vos chaussures de ski. Ce dispositif réagit « *non seulement à tous vos mouvements, mais s'adapte aussi à votre état physique et mental. Une petite déprime, par exemple (mesurée par un capteur de pression sanguine installé sur votre doigt) et voilà la machine de simulation de pente qui ralentit aussitôt votre vitesse de descente et aplanit le relief du sol.* […] *L'analyse du niveau de stress maintient intacte la motivation de l'utilisateur et lui donne envie de poursuivre l'exercice* ».

2. Le Comptoir Éditions, 1996.

... Mais pour obtenir tous ces bienfaits, il fallait d'abord faire la guerre à l'Apocalypse, au Mal, empêcher la grande catastrophe. Ils devaient être Savant et Prêtre ; leur blouse blanche devait devenir leur soutane. Et l'on retrouve toujours, au bout du voyage sectaire, ce cocktail détonnant : médecine et religion, science et religion, Église et Science[1]...

→ « Le médecin "*doit revenir au point d'où sont partis les médecins autrefois ; il doit devenir un prêtre, il doit devenir un médecin-prêtre*", *réclamait le Führer des médecins du Reich, le Dr Wagner*[2]. »

1. Dans l'Église de Scientologie l'« électromètre » (sorte de détecteur de mensonge construit selon le principe du pont de Wheatstone), utilisé pour les pseudo-psychanalyses, est également « objet religieux » pour les « confessions ».

2. Adélaïde Hautval, *Médecine et crimes contre l'humanité*, Actes Sud.

La vieille Impératrice de la Cité interdite *« aimait boire du lait, et s'étant mis en tête qu'aucun ne pouvait être meilleur à sa santé que celui d'une femme, elle avait deux nourrices pour l'allaiter »*.

DAN SHI,
Mémoires d'un eunuque dans la cité interdite.

Le 7 avril, ma fille arriva à la maison avec ce sujet de français : « La nature se venge, donnez trois exemples. » Intéressé, j'en discutai avec elle, ce qui lui valut d'être « hors sujet » et d'avoir une mauvaise note…

Au lieu de parler de cette rouille qui se venge du tracteur abandonné en plein champ; au lieu de citer l'avalanche qui détruit tout sur son passage à cause des arbres abattus par l'homme, des pistes de ski tracées par l'homme… ; enfin, au lieu de montrer l'ordre naturel en opposition au machinisme, de dire que la nature se venge parce que l'homme a péché contre elle, et que le monde moderne va à sa perte à cause de sa conduite anti-écologique !... j'avançai que l'écologisme représente une panne intellectuelle et politique.

L'écologie étant associée à la « nature » humaine, un lien est aussitôt créé, dans la mouvance Nouvel Âge et sectaire, avec la spiritualité. « *La préoccupation écologiste me paraît nous inviter à intégrer une dimension spirituelle* [...] », déclarait Jean-François Mayer lors d'une conférence[1] organisée par Causa, la branche politique de la secte Moon. « *L'homme moderne ne joue plus son rôle de médiateur entre le ciel et la terre, entre le divin et l'humain.* [...] *Une réponse inspirée de nos sources chrétiennes devrait* [...] *réorienter les normes et les valeurs de notre société dans une perspective théocentrique...* »

Le salut de l'homme ne passe plus par la justice mais par le retour à la terre. « *Il est frappant de voir que l'écologisme suscite une redécouverte de cette indispensable conscience de l'enracinement qu'on aurait pu croire menacée de disparition et un amour de la terre natale...* », continue Jean-François Mayer. La situation écologique de la planète ne peut, selon lui, s'améliorer que par l'instauration d'un nouvel ordre moral qui, seul, sauvera notre civilisation de la

1. Conférence inaugurale du Forum national de réflexion politique, « L'Écologisme, un lieu de renouveau politique pour la Suisse ? », Berne, 23 avril 1988.

dégénérescence. « [...] *Je crains que la disparition progressive de tout idéal collectif d'ordre supérieur finisse par avoir de lourdes conséquences pour la survie de notre identité*[1]... »

Jean-François Mayer aurait sans doute permis à ma fille d'avoir une meilleure note.

1. Puis, de parler de *« contamination d'idéologies étrangères »* !

Le 10 avril, je lisais dans les *Cahiers internationaux de Sociologie*[1] que *« Tchernobyl »* signifie en ukrainien « absinthe ». Certains sectataires en déduisirent qu'il s'agissait de l'ange annonçant l'Apocalypse. Et de diffuser en Ukraine un tract où figurait cet extrait des « Quatre premières trompettes » de l'*Apocalypse* :

« Et le troisième Ange sonna… Alors tomba du ciel un grand astre, brûlant comme une torche. Il tomba sur le tiers des fleuves et sur les sources ; l'astre se nomme "Absinthe" : le tiers des eaux se changea en absinthe, et bien des gens moururent, de ces eaux devenues amères. »

Cette catastrophe fut exploitée par certaines sectes en Russie comme signe annonciateur de la fin du

1. Kathy Rouselet, vol. XCVI, 1994.

monde. Mais également par l'Église de Scientologie pour son infiltration…

Un dirigeant scientologue de Pau adressait cette lettre à ses membres, le 7 mai 1986.

> *« Chers amis,*
>
> *« Vous avez tous entendu parler de l'explosion qui a eu lieu à la centrale nucléaire de Tchernobyl en URSS. Le texte ci-joint écrit par L. Ron Hubbard est plus d'actualité que jamais.*
>
> *« LISEZ-LE, COMPRENEZ-LE ET CONTACTEZ le chargé des inscriptions, dès aujourd'hui, pour vous inscrire sur la PROCÉDURE DE PURIFICATION que vous pouvez faire à l'Église de Scientologie. »*

Le *« texte ci-joint écrit par L. Ron Hubbard »*, intitulé *Le Programme de purification et la guerre atomique* [1], brandissait la menace d'une « IIIe guerre mondiale » et promettait aux adeptes qu'ils seraient sauvés de la catastrophe grâce aux quatre heures de sauna quotidiens, à l'absorption massive de vitamines et au jogging qui constituent la Procédure de purification!

« Et cela amène la possibilité intéressante, écrivait Ron Hubbard, *qu'en cas de guerre atomique, dans les zones soumises à de fortes retombées, seuls les scientologues seront capables d'agir.* […] *Ceux qui auront*

1. 3 janvier 1980.

suivi une procédure de purification complète et correcte survivront là où d'autres, ayant moins de chance, périront. »

La Scientologie allait passer quelques années plus tard à la pratique. Au printemps 1995, avec l'autorisation du médecin chef de l'hôpital pour enfants de Vassilievskoïe, vingt-cinq enfants victimes des radiations vont lui servir de cobayes. Ces enfants « purifiés » par les méthodes scientologues ne verront aucune guérison des lésions dues aux radiations. En revanche, ils auront des vertiges, feront de la tachycardie et, pour sept d'entre eux, contracteront une furonculose généralisée[1].

1. Ces informations sont extraites d'un article paru dans *Bulles* n° 49, 1er trimestre 1996, fondé pour l'essentiel sur les communications faites par le professeur Dvorkine et l'archiprêtre Vladimir Fiodorov.

Le 19 avril, à Oklahoma City, l'Alfred Murrah Building abritant des locaux du FBI et une crèche était soufflé par une explosion. Soixante et onze morts et plus de quatre cents blessés.

Une heure et demie plus tard, un Américain, Timothy McVeigh, était inculpé. Il avait été interpellé au nord d'Oklahoma City, pour excès de vitesse et port d'arme à feu. Pour sa défense, il dit avoir été traumatisé par le siège de la secte de Waco par le FBI qui avait fait plus de quatre-vingts morts, deux ans auparavant. Il avait agi en représailles. Pour lui, la secte de David Koresh était un symbole de liberté.

La police soupçonna une organisation qu'il avait fréquentée, les « Miliciens du Michigan », fondée par un ancien pasteur baptiste propriétaire d'une armurerie, Norman Olson. Cette milice s'entraîne à défendre Dieu et la Constitution contre l'annexion prochaine des États-Unis par un « méga-État ». Ses membres font vœu de défendre les lois américaines permettant aux citoyens de porter les armes.

Pourquoi une telle solidarité des Miliciens avec la secte de Waco ? Parce que le ranch de David Koresh fut assiégé pour détention d'armes illicites. La secte de Waco était le symbole de la liberté… des armes à feu.

Le 5 mai, je recevais une lettre d'un sympathisant de secte me parlant de mon roman *Tuteur à gages*[1]. *« Quelle motivation a pu vous conduire à traiter également du* Grand Décervelage ? me disait-il. *Peut-être avez-vous eu personnellement à vous plaindre d'une secte ? Certainement pas de notre mouvement qui n'est pas une secte. »*

Cet homme me citait plusieurs passages de mon roman qu'il me disait avoir lu *« avec intérêt et attention »*. Puis il me demandait s'il n'y avait pas *« une part autobiographique »* dans mon récit. Que répondre ? Ce roman traitait de l'internement psychiatrique, de la névrose et de l'éclatement d'une famille bourgeoise. Son héros, particulièrement atteint par la névrose familiale, va, comme le titre du roman l'indique, escroquer la personne (sa mère) dont il assume la tutelle…

1. Plon, 1994.

Si je répondais par l'affirmative, j'apportais de l'eau au moulin scientologue qui répète à chaque tour : « *Ceux qui attaquent la scientologie sont des fous ou des criminels.* »

Le lendemain, à seize heures, j'allai voir ma mère à ce même hôpital que je décrivais dans *Tuteur à gages.*

Je frappai à la porte de sa chambre. J'ouvris et m'avançai. La télévision marchait à toute force, attachée par une chaîne à un tuyau. Sa fenêtre était grande ouverte. Il faisait froid.

Elle était assise sur une chaise à côté de son lit, bras croisés sur les cuisses, tête baissée.

– Bonjour, maman !

Elle était entièrement nue. Elle tremblait. Comme si on la frappait de l'intérieur.

Je lui mis aussitôt une blouse de l'hôpital, rose saumon, qui s'enfilait par les manches. Tandis que je la boutonnais, je remarquais des traces de merde sur sa nuque, une flaque d'excréments séchés sous ses fesses. Elle avait vidé son corps à côté d'elle.

– J'ai eu la colique après la compote de midi ! me dit-elle en pleurant.

– Alors ça fait trois heures que tu es nue devant la fenêtre ?

– Oui.

– Trois heures qu'ils t'ont pas lavée ?

– Oui.

Un infirmier passa dans le couloir. Je l'appelai.

– Est-ce parce que cette femme vient de psychiatrie qu'elle est traitée comme ça ?

Gêné, il me répondit qu'il s'en occupait…

Rien.

Un quart d'heure passa.

Je le retrouvai dans le couloir.

– J'appelle une aide-soignante, me dit-il.

Rien.

Un quart d'heure…

Je le retrouvai à nouveau.

– … manque de personnel, me dit-il cette fois.

– Embauchez des droit commun, je lui criai, et collez-leur une étoile verte !

Tzvetan Todorov évoquait, dans *Face à l'extrême*[1], les techniques de dépersonnalisation mises au point dans les camps de la mort pour aider les bourreaux à oublier l'humanité des prisonniers : *« Il y a d'abord la transformation imposée aux victimes dans leur comportement. Avant d'être tuées, elles seront déshabillées* […] *Les priver de leurs habits, c'est les rapprocher des bêtes. Et les gardiens témoignent que toute identification avec les victimes devient impossible dès lors qu'ils ne voient plus que des corps nus, il en va de même de l'obligation de vivre dans ses excréments. »*

1. Le Seuil

« Des preuves scientifiques établissent avec une certitude absolue que seul un dixième de la population a des capacités supérieures et que, dans ce dixième, le dixième supérieur appartient à la Scientologie. »

Ron L. HUBBARD.

Le 15 mai, le juge d'instruction chargé de l'information judiciaire sur le meurtre du jeune Comorien, à Marseille, par des colleurs d'affiche du Front national, déclarait irrecevables les constitutions de parties civiles de cinq associations antiracistes.

Me Pesenti, défenseur de ces militants du Front national, estimait que c'était la preuve qu'il ne s'agissait *« pas d'un crime raciste mais bien d'un crime de droit commun »*... Cet avocat, qui a également défendu des victimes de sectes – avocat de l'ADFI à Marseille pour l'affaire de la Scientologie, contre la secte de Maud Pison, contre les Témoins de Jéhovah –, banaliserait-il de la même manière les crimes commis par les sectes ? En niant le crime raciste de ces militants du Front national, il nie également la manipulation mentale.

Le racisme est une manipulation particulièrement insidieuse. Premier temps : racisme « ordinaire », c'est-à-dire destruction des liens entre Blancs et Noirs, Juifs et non-Juifs, minorités et majorités, etc.

David Berg, gourou de La Famille, écrivait en 1993 : *« Déclarons ouverte l'offensive de guerre contre ces gens ! Grâces soient rendues à Dieu pour les Scientologues* [...]. *Les US ont anéanti David Koresh et ses disciples, maintenant Dieu est en train de les nettoyer*[1]. *Priez pour qu'il envoie la même chose à la France, ou encore pire ! Si ces foutus Français ne veulent pas se réveiller et voir quel gouvernement minable ils ont, s'ils ne se débarrassent pas de cette "ordure" de Mitterrand qui se met une kippa et qui va à la synagogue et qui se montre publiquement à des cérémonies juives, comme un Juif, ils ne vont avoir que des malheurs. »*

Pour démontrer qu'il y aurait du racisme dans l'Église de Scientologie, on cite habituellement le formulaire scientologue, dit confession de « Johannesbourg », où est écrit au point 32 : *« As-tu jamais couché avec la mauvaise race ? »* Pour retrouver certains fondements du racisme de cette secte, pourquoi ne pas en revenir à sa doctrine ? *« Les sociétés primitives, ballottées et malmenées par les éléments, sont*

1. Il faisait allusion à de récentes inondations et des vagues de chaleur.

beaucoup plus sujettes aux blessures que les sociétés civilisées : de plus, elles grouillent d'idées fausses et elles pratiquent la guérison, physique et mentale, d'une façon aberrée, écrit Ron L. Hubbard dans *La Dianétique. Vous seriez surpris de voir le nombre d'engrammes d'un Zoulou. Si on le sortait de son milieu restimulant*[1] *et qu'on lui apprenne l'anglais ou le français, il échapperait dans une large mesure à l'influence de son mental réactif*[2]*. Chez lui, le Zoulou n'est pas enfermé dans un asile. Mais c'est uniquement parce que sa tribu n'a pas pensé à en construire un.*

« Nous pouvons donc affirmer en toute tranquillité [...] *que les peuples primitifs sont beaucoup plus abérrés que les peuples civilisés. Leur sauvagerie, leur refus du progrès, leurs maladies innombrables, tout cela est dû à leurs processus réactifs et non à leur personnalité*[3]. »

Ron L. Hubbard, en matière de culture ethnologique, n'avait pas dépassé *Tintin au Congo*...

Pour le gourou de la secte Iso-Zen (Galactéus), il y a au sommet les « Internels » qui sont souvent bruns parce qu'ils sont passés par la phase « Éternelle » de

1. Restimulation : *« Réactivation d'un souvenir due à la présence, dans l'environnement, de circonstances similaires à des circonstances passées. »* (Définition scientologue.)

2. Mental réactif : *« Partie du mental qui range et conserve la douleur physique et les émotions douloureuses et qui cherche à diriger l'organisme par excitation-reflexe uniquement. »* (Définition scientologue.)

3. *La Dianétique*, chap. VIII, « La contagion de l'aberration ».

blonds aux yeux bleus[1]. Puis les Éternels, blonds aux yeux bleus, le groupe de jonction cosmique, réincarnation des anciens nazis morts pendant le combat, dont ils doivent continuer le travail à un niveau spirituel.

> → « Nous étions les aryens cosmiques, des aryens de nature transcendantale, me racontait Isabelle Sebagh. Moi qui suis très brune, je me suis décolorée en blonde comme presque toutes les adeptes filles qui passaient là-bas. À l'époque, les lentilles bleues n'existaient pas, mais maintenant tout le monde doit en avoir… »

Enfin, très en dessous, les « Céternelles », ceux qui sont liés à Satan : la plupart sont bruns aux yeux sombres, de type négroïde, sémite, etc.

Second temps : reconstruction d'une nouvelle race. Appelons cela le racisme « extraordinaire ». Dans cette forme réalisée du racisme, il n'y a plus aucune discrimination sociale. *« Aux rangs les plus élevés du Parti,* lit-on dans *1984*, *on trouve des Juifs, des Nègres, des Sud-Américains de pur sang indien* […] *Ses dirigeants ne sont pas unis par les liens du sang, mais par leur adhésion à une doctrine commune. »*

Un jour, une adepte de la secte Moon montrait à la

1. Évidemment, le gourou de cette secte est brun aux yeux noirs. Cette idée d'Internel aurait ravi Hitler (et bien des dirigeants du nazisme) qui présentait peu de critères « aryens ».

présidente de l'ADFI du Nord, Lydwine Ovigneur, une photo représentant un groupe d'enfants moonistes d'une dizaine de races différentes. « Vous voyez que nous ne sommes pas racistes », lui disait cette adepte. À regarder attentivement, il apparaissait que ces enfants avaient le même costume, la même médaille de l'Olympiade mooniste mais surtout le même sourire, et, à y réfléchir : une même histoire, racine et culture ; un même futur : le moonisme. Lydwine Ovigneur avait devant elle les élus de la sixième race, cette « Famille parfaite » que Moon entend réaliser.

Comment les sectes pensent-elles arriver à fabriquer un homme nouveau ? En opérant *« une auto-sélection »*, propose Raël. En créant *« une loi intelligente selon laquelle seules les personnes dépourvues d'aberrations* [donc passées par la « thérapie » scientologue] *pourront se marier et avoir des enfants »*, écrit Ron Hubbard dans *La Dianétique*. Plus simplement, en cristallisant et radicalisant les thèmes et mesures proposés par la droite nationale en France, les mouvements religieux intégristes et divers mouvements de vertu : la lutte militante anti-avortement et l'anti-homosexualité[1]. Il s'agit de développer ces thèses racistes sous le manteau de la culture judéo-chrétienne.

1. Il va de soi que ces thèmes sensibles sont également un moyen pour les sectes comme pour certains courants politiques de s'immiscer dans certaines associations familiales, de tisser des réseaux de pouvoir.

On retrouve la lutte anti-avortement aussi bien dans la secte Moon qui, en 1995, lançait avec l'appui du professeur Lestradet une campagne baptisée « SOS-Familles[1] » s'opposant au préservatif et à l'avortement ; qu'au Mouvement des valeurs de Philippe de Villiers ; au Front national qui, associé à Bernard Antony, encourage ses militants à s'engager en faveur des commandos anti-avortement ; ou dans la doctrine scientologue inscrite dans *La Dianétique* : « *L'enfant qui est victime de tentatives d'avortement est condamné à vivre avec des meurtriers jusqu'à ce qu'il ait atteint l'âge adulte.* [...] *Si le Gouvernement dépense des milliards chaque année pour les asiles psychiatriques et les prisons, c'est principalement à cause des tentatives d'avortement dont se rendent coupables certaines mères sexuellement aberrées...* »

En 1995, lors de la même campagne baptisée « SOS Famille », la secte Moon lançait un autre slogan : « Deux fléaux modernes : la pornographie et l'homosexualité[2] ». L'anti-homosexualité est reprise par la majorité des sectes et mouvements totalitaires. L'homosexualité est combattue par l'Église de Scientologie au nom de la morale et de la race...

« [...] *L'homosexualité et les autres pratiques anor-*

1. Sous l'égide de la Fédération des femmes pour la paix mondiale (FFPM), émanation mondiale de la secte Moon.
2. *Golias Magazine* n° 42, mai-juin 1995.

males se trouvent bien au-dessous du niveau d'éthique acceptable », écrit Ron Hubbard dans son *Introduction à l'éthique de la scientologie.* Et il ajoute : *« L'avenir de la race dépend de son attitude à l'égard du sexe et des enfants. »*

Les nazis ne combattaient l'homosexualité qu'au nom de la race. Heinrich Himmler estimait que les homosexuels privaient le Reich des enfants qu'ils leur devaient. En vertu du paragraphe 175 de la loi réprimant l'homosexualité : *« L'homosexualité est un délit, non pas du point de vue de la morale ou de la religion, mais de la race »*, il décida de punir cette infraction par la castration ou le camp[1].

Cette « prophylaxie » commença en juin 1930. Le triangle rose que les homosexuels devaient porter était plus grand que celui des autres déportés afin que, bien identifiables, ils soient maltraités, violés, blessés, ou même tués par d'autres détenus. (Il y eut des cas où des homosexuels essayèrent de sauver leur peau en se mettant en cachette une étoile jaune à la place de leur triangle rose.)

1 Le code pénal allemand, paragraphe 175, criminalisant l'homosexualité avait été inscrit dans les années 1800. L'extension-révision de ce paragraphe en paragraphe 175A fut promulguée en juin 1935. Ce nouveau paragraphe anti-homosexuel précédait de quelques mois les lois consacrées aux Juifs. In Olga Wormser-Migot, *Le Système concentrationnaire nazi (1933-1945), op. cit.*

Le 26 mai, la secte Invitation à la vie (IVI) « ayant Me Olivier Schnerb pour avocat constitué»... m'attaquait en diffamation pour un article intitulé *« Invitation à la vie intense (IVI) : l'arnaque à la guérison »*. Elle sollicitait du tribunal, pour réparation du préjudice causé, « *que lui soit allouée une somme de 1 000 000 francs en réparation du préjudice causé par la diffusion* », etc.

Quelles étaient les « allégations ou imputations diffamatoires » citées par Me Schnerb ? J'avais écrit qu'IVI était *« d'abord une escroquerie spirituelle : un amalgame d'hindouisme, de bio-énergie caché derrière un masque catholique... »*, qu'Yvonne Trubert possédait le *« "don de prière", produisant une sorte de vibration cosmique qui guérit toutes les maladies »*, et que ce second masque séducteur constituait un véritable scandale : « *IVI affirme en effet guérir toutes les maladies par la méthode des "harmonisations" (sortes de passes magnétiques) : même les cancers et le sida ! Au point que nombre de malades abandonnent leur traitement et meurent "guéris" en faisant une fausse prière.* » Enfin, j'avais écris que les adeptes d'Yvonne Trubert étaient d'autant mieux trompés que leur dirigeante les conduisait « *dans des sanctuaires catholiques (l'agence de voyage appartient à son fils Philippe), et que des docteurs en médecine, des professeurs d'université, des personnalités politiques* » lui apportaient leur appui…

* *
*

Il est souvent difficile de trouver des témoins dans ce genre d'affaires. C'est un problème récurrent. Comment un ancien adepte peut-il témoigner sans s'exposer lui-même non seulement à la fureur de la secte qui le poursuivra pour faux témoignages et autres menaces, mais aussi parfois la justice qui peut l'accuser de complicité, de non-assistance à personne en danger ? Combien de témoins n'osent pas se présenter !

L'ancien adepte ressent les symptômes post-sectaires d'anxiété, de culpabilité, de honte et de peur. En Scientologie, ce sont les confessions – bien réelles – où l'adepte a tout dévoilé de son intimité, qu'il risque de voir utilisées contre lui. Dans d'autres sectes, l'ancien adepte encore fragilisé est persuadé que l'on percera sa photo avec des aiguilles, qu'on lui enverra des ondes maléfiques, etc. « C'est fou le nombre d'adeptes de la secte de Maud Pison, me racontait Jacques Trouslard, qui au moment de la sortie de la secte, reculaient. Ils pensaient qu'ils allaient être victimes de ses pouvoirs maléfiques et qu'ils finiraient leur vie dans un asile psychiatrique... »

> *« Les démons peuvent s'introduire au MANDAROM par toutes les voies,*
>
> *« En prenant des dimensions diverses :*
>
> *« devenir aussi petit (pour passer par les fils électriques)*
>
> *« devenir aussi grand que possible (jusqu'à mesurer 30 mètres de hauteur)*
>
> *« pénétrer par les profondeurs du sol*
>
> *« se cacher dans le sol* [...] *avant d'attaquer.*
>
> *« Certains démons sont capables de transformer les transformateurs.*
>
> *« Les compteurs en salons de thé électroniques, ou même en restaurants, lieux de régénération.*
>
> *« Ils intervenaient à n'importe quelle heure du jour ou de la nuit.*
>
> *Mais de préférence à la tombée de celle-ci, pour recommencer à des moments où nos véhicules de chair ont besoin de sommeil. »*
>
> (*Je suis le messie attendu, l'Avatar de synthèse, voici les preuves*, Gilbert Bourdin.)

On n'a pas entendu ce genre de discours pendant des années sans en garder pour longtemps les brûlures. Un ancien adepte particulièrement troublé par son passage dans une secte pseudo-orientale m'écrivait :

« Les techniques de harcèlement provenant de la secte sont : "projeter" des excréments extra-sensoriels dans notre nourriture,

sans compter leur cruauté mentale par télépathie.

C'est le week-end, alors que les ADFI sont fermées, que cette secte pratique des attaques psychiques contre moi

et me rend terriblement malade... »

D'autre part, un tribunal considère fréquemment comme instable le témoignage d'un ex-adepte. « Hier vous étiez prêts à exposer votre vie pour cette secte, vous affirmiez qu'elle était pure comme un lis, vous faisiez des attestations sur l'honneur, lui dit-on. Aujourd'hui, vous dites le contraire. Quelle est la valeur de votre témoignage ? »

Leur témoignage est suspect tant qu'il reste théorique ; en revanche, s'il rapporte des faits concrets, comme ceux que je présenterai au tribunal pour mon assignation...

Le 12 juin, dix-sept adeptes de la secte des Chevaliers du Lotus d'or ainsi que leur gourou étaient mis en garde à vue par le CRPJ de Marseille. Une ancienne adepte affirmait avoir été victime d'agressions sexuelles de la part de Gilbert Bourdin à plusieurs reprises, entre 14 et 18 ans, lorsqu'elle se rendait avec sa mère au temple du Mandarom[1].

L'avocat de Gilbert Bourdin déclarait : « Pour qu'il y ait viol, il faut une contrainte. Or les victimes elles-mêmes disent qu'il n'y a pas eu contrainte. »

1. Gilbert Bourdin passera deux semaines en détention. *Libération* parlait, le 1er juin 1996, de cinq instructions en cours : un dossier blanchiment d'argent ; un dossier corruption ; plusieurs dossiers concernant une chute mortelle en avril 1996 d'un adepte dans l'escalier de la statue du Messie ; un autre dossier concernant une infraction au code de l'urbanisme ; enfin, le dossier « viols » : quatre anciennes adeptes ayant porté plainte.

Un viol n'est jamais facile à prouver. Particulièrement dans une secte, car le terrain est préparé spirituellement.

→ Béatrice fut emmenée par ses parents à l'âge de 5 ans à Methernita, une secte basée à Linden, en Suisse. La première fois, elle fut assise sur les genoux du gourou Paul Baumann, qui la caressa tout le temps qu'il prêchait le thème de la fin du « monde du Diable ».

Lorsque Béatrice fut âgée de 10 ans, le gourou l'emmena dans son atelier de bricolage et, prétextant qu'elle devait jouer un angelot dans un film qu'il projetait de tourner, la photographia après avoir dénudé le bas de son corps.

À 12 ans, Béatrice est autorisée à s'asseoir dans une chambre en compagnie d'autres enfants.

Soudain, la porte s'ouvre…

Elle voit entrer l'un des adeptes les plus importants de la secte tenant par la main un être très étrange portant des vêtements de femme et une perruque de cheveux mi-longs ! Béatrice ne reconnaît pas Paul Baumann sous ce déguisement. (Elle ne l'avait pas revu depuis deux ans.)

Tous les enfants s'agenouillent. Béatrice demande à voix basse, à un enfant plus âgé, qui est cet être habillé et maquillé en femme qui baragouine des mots enfantins en suçant son pouce.

– C'est le bambin. Le saint enfant d'Égypte qui

est dans le corps de « Papa » [Paul Baumann], lui dit-elle.

– Et où se trouve le « Papa » lorsque le saint enfant d'Égypte est dans son corps ?

– Au Paradis [1] !

Mais voici que le « bambin » remarque Béatrice.

– Tu as été élue pour réaliser certaines missions…, lui dit-il en zozotant. Mais j'ai entendu de nombreuses plaintes à ton sujet et je désire t'en parler seul à seule…

Le lendemain, le « bambin » retrouve Béatrice dans sa chambre. Seule avec un ange d'Égypte ! Béatrice est très émue

– Veux-tu devenir un enfant sacré ? lui demande-t-il.

– Oh oui ! lui répond Béatrice dans un souffle.

– Alors voici le Premier Commandement qui fera de toi un enfant sacré : le « Silence absolu »…

Désormais, chaque après-midi, Béatrice, en proie à une immense fierté, le rejoignit à bicyclette dans les bois de Haimenschwand[2].

Dans une secte, toutes les atteintes à l'intégrité et à la dignité sont théorisées. À Iso-Zen, les adeptes

1. Un « Paradis » fait d'or et de diamants, et situé très profond sous la terre d'Égypte.

2. Le 8 avril 1974, Paul Baumann fut condamné à sept ans de prison pour attentat aux mœurs caractérisés, attentat aux mœurs avec mineurs (six jeunes filles) mises sous sa tutelle et tentative d'instigation aux faux témoignages.

doivent opérer des *« mutations »* afin d'établir la communication avec les *« civilisations extraterrestres »*. Le dessinateur de BD Moebius, alias Giraud, qui resta environ sept ans dans ce groupe dirigé par Appel-Guéry, expliqua à Numa Sadoul[1] la grande idée du gourou : « [...] *Si au lieu de fuir le corps par le sexe dans l'éjaculation, cette énergie basique était mise en contention et visualisée dans une montée consciente le long de la colonne vertébrale – la "kundalini" –, elle pourrait se quintessentier, se sublimer ; passer du stade matériel de sperme à celui d'une énergie de plus en plus immatérielle, de plus en plus fine et vibrante.* »

Mais de la pratique de cette grande idée, Moebius ne parlait pas. Isabelle Sebag m'expliqua la réalité de ces « mutations » : « Un jour, je suis conviée à ma première "mutation". Je suis très exaltée. Enfin je vais sortir de mon corps ! J'entre dans la salle... et alors je vois, entourant le gourou, dans un environnement de musique cosmique, cent trente femmes en sous-vêtements ou entièrement nues se masturber en même temps, en tailleur, à genoux, ou même debout !...

« L'énormité m'aveuglait. Quand l'horreur est surdimensionnée, où que l'on se tourne on ne voit plus qu'elle, on perd contact avec la réalité.

« Quelque temps plus tard, le gourou décida que les "mutations" devaient passer par la douleur. Alors il nous pinçait, nous claquait...

1. Moebius, *Entretiens avec Numa Sadoul*, *op. cit.*

« Ensuite il y eut les vibromasseurs. "Tout ce qui est robotique, nous disait-il, les voitures par exemple, permet de filtrer l'énergie de l'Enfer. Au lieu que votre corps soit atteint lors d'une attaque des ténèbres de Satan, c'est la voiture qui est atteinte lors d'un accident. On va faire pareil pour les mutations. J'ai acheté cent cinquante vibromasseurs. Vous allez atteindre le paroxysme ! L'énergie de Satan se collera au vibromasseur mais plus à votre corps..."

« Je n'osais pas en parler. Je n'étais intime avec aucune fille de la secte. Se confronter à cent trente personnes à 18 ans est impossible. On n'a pas non plus le recul nécessaire. Et puis je ressentais une culpabilité. C'est un peu comme l'inceste. »

Le 19 juin, lors des élections municipales, le Front national prenait les villes de Toulon, Orange et Marignane. On parlait de « laboratoires » dans lesquels le Front national allait pouvoir « mettre en pratique sa politique ». Un an plus tard, on reparlait dans les journaux de *« peur installée à la mairie »* d'Orange, d'*« ambiance de délation »*, de censure dans les bibliothèques (*« Tout ce qui concerne la Révolution française, la Seconde Guerre mondiale est banni. Comme d'ailleurs les contes arabes ou africains, ou tous les titres comportant un "gros mot"... »*) On disait que *« le grand talent des idéologues de la mairie est de faire planer la suspicion. La peur de l'autre provoque le fantasme*[1] *»* : le système sectaire se mettait en place.

Puis c'était un arrêté du maire d'Orange interdisant la distribution de tracts à caractère politique...

1. Liberto Valls, ex-directeur du centre culturel d'Orange.

Jusqu'à cette phase sectaire qui ne peut se produire qu'une fois la peur installée : « [...] *les immigrés respectent d'eux-mêmes la "préférence nationale" en ne venant plus frapper aux portes de la mairie pour réclamer les aides auxquelles ils ont pourtant droit ou s'inscrire pour une demande de logement social*[1]. »

Le Front national ne peut se porter ouvertement contre les lois. Son danger est plus insidieux. « La menace est plus forte que l'exécution », disait le grand maître d'échecs Tarrash. Par son emprise sur ces trois villes, le Front national laisse peser une menace sur toute la France. Certains partis politiques risquent de surenchérir pour lui faire face, avançant coup par coup des pions qu'ils ne pourront plus reculer, d'autres vont se taire.

Le Front national peut également compter sur les sectes dont les laboratoires vont plus loin, « en temps de paix », que n'importe quel parti extrémiste. Rudolf Hoess écrit dans ses mémoires[2] : « *Les SS devaient montrer maintenant que leur éducation du temps de paix portait ses fruits.* » Hélas ! cette éducation laissait à désirer. Trop d'états d'âme parmi ces guerriers ! Trop d'attachement aux biens matériels.

Le Reichsführer SS Heinrich Himmler, dont l'intuition totalitaire était aiguisée, avait compris l'efficacité pédagogique des sectes ! « *Himmler lui-*

1. *Le Monde,* 15 juin 1996.
2. *Le commandant d'Auschwitz parle,* Maspero.

même a dit à maintes reprises, continuait Rudolf Hoesse, *que la foi exaltée des "sectateurs de la Bible"* [Témoins de Jéhovah] *pouvait servir de modèle aux SS. Ceux-ci auraient dû être animés d'un fanatisme aussi inébranlable dans leur attachement pour Hitler et le national-socialisme.* »

En effet, qu'est-ce qu'un adepte ? Un « pécheur justifié », une personne qui, se fondant sur la doctrine de Johannes Agricola, affirme que ceux qui sont « *prédestinés au salut peuvent commettre impunément de mauvaises actions*[1] ».

Les adeptes sont entraînés à ne pas tenir compte des lois sociales. Je lis dans le confidentiel *Manuel pour l'école du ministère du Royaume,* des Témoins de Jéhovah : « *Les anciens peuvent apprendre qu'un membre de la congrégation a pris part à une action illégale ou a commis un délit grave. Toutefois, dans de nombreux pays, les lois relatives aux cultes ne les obligent pas à rapporter les faits ou à dénoncer l'auteur aux autorités.* »

« *Le sang de Jésus-Christ couvre les péchés de ces nouveaux…* »

« Justifiée », la prostitution chez les Enfants de Dieu (La Famille). « *Quelle meilleure manière de leur*

1. Préface d'André Gide au roman de James Hogg, *Confessions d'un pécheur justifié, op. cit.*

montrer l'amour de Dieu », disait Moïse David (David Berg).

« Justifié », le Scientologue qui peut mentir à un opposant, le priver de ses biens, le blesser, le poursuivre en justice, le détruire par n'importe quel moyen, *« sans que celui-ci soit passible d'aucune mesure disciplinaire de la part de la Scientologie*[1] *»*.

1. Lettre de règlement de Ron L. Hubbard du 7 octobre 1962.

20 juin. Cette lettre montre jusqu'où peut mener l'éducation de certaines sectes « en temps de paix » :

« Monsieur. R...., leucémie aiguë lymphoblastique débutée le..., traitée par protocole L2, mise en rémission le..., a malheureusement rechuté six mois après l'arrêt du traitement chimiothérapique d'entretien », écrit un médecin à ses confrères.

« [...] *le traitement optimal comporte une chimiothérapie lourde suivie d'un traitement de consolidation et greffe de moelle allogénique. Il y a effectivement une possibilité, du moins théorique, de greffe allogénique dans cette famille puisque son frère [Monsieur] K. est du même groupe HLA que [Monsieur] R....*

«[Monsieur] K., cependant, refuse le don de moelle pour des raisons religieuses...

« On a donc choisi une chimiothérapie lourde mais intensive et prolongée, et non une chimiothérapie

lourde brève. [...] *Ce protocole comporte néanmoins des risques liés à cette chimiothérapie agressive et prolongée.* [...]

«Si [*Monsieur*] *K revenait sur sa décision, il serait toujours temps d'envisager une greffe de moelle allogénique qui alors serait faite dans les deux ou trois mois qui viennent. »*

Le pauvre R. décédera sans que jamais ait été tentée une greffe allogénique. Quant à cette secte, elle continue tranquillement à fabriquer des Monsieurs K.

Le 27 juin, je rencontrai le père Jacques Trouslard à Soissons.

Nous allâmes directement à l'évêché. Il y occupe une pièce d'à peine dix mètres carrés, où les murs sont couverts de dossiers.

Jacques Trouslard relut mon assignation devant le tribunal de grande instance de Paris, à la demande de la secte IVI, et dégagea les points pouvant être jugés diffamatoires. Pour ce qui concerne l'escroquerie médicale, j'avais les preuves émanant du « séminaire initiatique », cet enseignement oral d'IVI qui donne l'assurance de guérir les maladies les plus graves par la méthode de l'« harmonisation des chakras ».

En fait, la secte IVI pose le problème général des médecines douces. Sur le plan scientifique, l'harmonisation des chakras, sortes de passes magnétiques, n'est pas plus irrationnelle que *« la "loi de similitude" de l'homéopathie, les déséquilibres énergétiques de l'acupuncture, les déplacements vertébraux ou ostéo-*

articulaires de l'ostéopathie » qui, comme l'écrit Jean-Jacques Aulas, « *apparaissent incontestablement comme des reliquats moyenâgeux d'une conception magique du monde*[1] ».

Ces médecins ne font plus référence aux sorciers du Moyen Âge mais au courant holistique du Nouvel Âge. De même que les illusionnistes de la fin du XIXe siècle justifiaient leurs tours de physique amusante par un intérêt pour la science, ils justifient leur postulat à la lumière des derniers acquis de la science. Affirmer que ce que l'on dit est scientifique est facile. Combien d'auditeurs ou de patients sont capables de juger du degré de scientificité d'un énoncé ?

→ Méthode de Karl Popper permettant d'évaluer si une théorie est du registre de l'investigation scientifique, résumée par Jean-Jacques Aulas[2] : « *Un énoncé n'est scientifique que s'il est réfutable et la véracité d'une théorie dépend beaucoup plus de sa résistance aux tentatives de réfutation qu'au nombre de ses éventuelles confirmations.* »

Exemple : « *Il existe dans cette pièce un fantôme qui se cache dès qu'on l'observe.* » Énoncé non scientifique puisque irréfutable.

En revanche : « *Il existe dans la pièce où je vis une modification très particulière de la loi de gravitation*

1. *Les Médecines douces, des illusions qui guérissent*, Odile Jacob.
2. *Ibid.*

puisque lorsque je lâche un objet, celui-ci, au lieu de tomber, monte en l'air », est un énoncé testable, réfutable, et donc « *du registre de l'investigation scientifique.* »

L'illusion créée par les médecines douces est telle, dans certains cas – comme les troubles dits psychosomatiques –, qu'elles obtiennent des résultats. C'est l'effet placebo. Qu'importe l'illusion pourvu qu'on ait la santé, pensent certains. Hélas, « *les effets pervers sur la pensée sont loin d'être négligeables.*[...] *Si pour guérir, on doit abdiquer toute lucidité, est-il sûr que l'on gagne au change*[1] *?* »

Un rapport de la Société de psychiatrie de Madrid, remis en 1989, disait à propos des allégations scientifiques de l'Église de Scientologie, que *« leur divulgation au sein du grand public en se vantant d'"être une science" constitue une escroquerie à l'égard de la connaissance et contribue ainsi à l'ignorance et à la désinformation intellectuelle »*.

L'abandon d'un suivi médical en est parfois la conséquence. Ces théories « nouvel-âgeuses » minent l'institution médicale. Elles conduisent de plus en plus à la secte où des adeptes prendront parfois des positions aussi extrêmes que le refus des vaccins et des antibiotiques « qui font descendre les vibrations »,

1. *Les Médecines douces, des illusions qui guérissent*, *op. cit.*

des anesthésies « qui forment une espèce d'ectoplasme gluant qui crée des maladies et pompent l'énergie même intérieurement... ».

Les trois extraits de témoignages certifiés qui suivent, que je produirai en justice, montrent, entre autres, le lien étroit établi entre praticiens des médecines douces et sectes.

I. « Sur le plan médical, toute médecine traditionnelle (et surtout la chirurgie qui "tranche les énergies") était d'avance suspecte. Les membres du corps médical (et paramédical), nombreux à IVI, pratiquaient des médecines douces, homéopathie, acupuncture, auriculopuncture, phytothérapie et prescrivaient de fort coûteuses séances de manipulation chez les chiropracteurs et ostéopathes ou éthiopathes de l'Association. Et surtout, surtout, chacun de nous, après notre période d'initiation conclue par un "séminaire" à Cros (Gard) où, par le pouvoir d'Yvonne Trubert, nous recevions le Saint-Esprit, était censé être thérapeute et pouvoir tout soigner – y compris les cancers les plus graves ou la sclérose en plaques, au moyen d'"harmonisations", sortes de passes magnétiques circulaires au-dessus des "chakras" des patients à nous confiés. J'ai effectivement pu constater des soulagements ou des améliorations chez des sujets présentant des troubles d'origine nerveuse ou psychosomatique tels que la colite ou des gastralgies. Mais pour ce qui est des cas graves, j'ai surtout vu ou eu connaissance de véritables désastres : ainsi [...] un ami d'IVI – non adepte cependant, mais marié à une Iviste – riche industriel, paraplégique depuis de longues années, soigné par sa femme et de nombreux adeptes, vint à mourir alors qu'Yvonne avait assuré qu'il remarcherait. Lorsque je fis part de mon étonnement devant cet échec, il me fut répondu que je n'avais rien compris et que "Jacques marchait, courait, dansait là-haut avec les anges. Et d'ailleurs, tous ceux qui avaient prié sur son cercueil l'avaient bien senti, ils l'avaient même entendu". Autrement dit : il était mort guéri ! De même sans doute ce malheureux enfant de 5 ans, atteint d'une tumeur au cerveau, dont les parents, tous deux Ivistes, avaient – sur l'injonction formelle d'Yvonne Trubert – interdit aux cancérologues de continuer à s'en occuper... »

II. « Mon fils, après s'être fait tester, a été déclaré séropositif. [...] À partir de ce moment il a été pris dans une structure hospitalière. [...] Pendant son hospitalisation à Tenon, nous avons appris par notre fils [...] qu'il se faisait soigner par une homéopathe, le docteur NN, qui lui faisait des "harmonisations". Du reste, elle [docteur NN] a envoyé des personnes pendant l'hospitalisation de mon fils à Tenon pour lui faire des harmonisations. [...] Ensuite le docteur NN a envoyé mon fils chez une autre homéopathe soi-disant beaucoup plus forte qu'elle.

« Alors là ont commencé à notre avis des choses pas très claires.

« 1) On lui a fait faire une analyse très poussée des poils de pubis ! Coût de cet acte : plus de 1 000 francs non remboursés par la SS.

« 2) Ce médecin lui a fait une ordonnance tarif libre 380 francs, puis l'a envoyé à la pharmacie [...] chercher ses médicaments bien entendu pas remboursés par la SS. Le nom de ce médecin est PP, elle fait aussi des harmonisations.

« 3) Je ne sais si c'est le docteur NN ou le docteur PP qui a envoyé mon fils chez un éthiopathe. Coût 500 ou 600 francs [...] également pratique l'harmonisation et massage du crâne.

« 4) Maintenant pour arranger le tout je ne sais lequel des trois a conseillé à mon fils d'aller dans une association de prières "Invitation à la vie" [...]

« Depuis quelque temps nous trouvons notre fils un peu exalté, de plus dépensant de l'argent à tort et à travers. Malheureusement [...] le peu qu'il avait à la banque est parti. Mais le plus grave : je ne sais pas qui lui a dit qu'il serait définitivement guéri dans cinq ans et à nouveau séronégatif.

« 5) Il est parti en vacances à Nice et le jour même il y avait déjà deux personnes qui l'attendaient pour l'harmoniser. [...] Au cours de plusieurs appels de notre fils, nous avons compris qu'il n'était pas dans un état normal, mon mari est parti en catastrophe [...]

« [...] Il a été rapatrié par avion sanitaire presque mourant. Il est à nouveau à l'hôpital Tenon où les médecins font tout leur possible pour le sortir une nouvelle fois de ce mauvais pas.

« C'est un appel au secours que je vous adresse pour nous et pour tous les autres. »

III. « Le 22 décembre 1982, ayant entendu parler de Mme Yvonne Trubert, je me suis rendue à son domicile avec ma fille C. âgée de 10 ans, née hydrocéphale et sujette à des crises d'épilepsie du fait d'une opération subie à l'âge de 1 mois, en vue de soulager les céphalées dont elle souffrait depuis toujours. En effet, on m'avait dit que Mme Trubert avait des dons de guérisseur.

« Cette dernière me proposa de l'allonger sur son divan et lui fit diverses passes genre "passes magnétiques" sur tout le corps, puis elle lui dit de se relever en annonçant : "Voilà, c'est fini, elle est guérie." Je pensai : "Elle est peut-être guérie de son épilepsie ?" et posai la question à Y. Trubert qui me répondit : "Mais enfin, puisque je vous dis qu'elle est guérie ! Dès ce soir vous pouvez arrêter tous les médicaments." Et se tournant vers C.... : "Crois-tu en Jésus ? Eh bien, tu peux le remercier car c'est lui qui t'a guérie."

« Pendant ce temps ma fille se tenait la tête qui la faisait toujours autant souffrir ! “Ce n’est rien, c’est le mal qui doit continuer à sortir”, lui dit Yvonne Trubert quand elle l’entendit se plaindre.

« Le soir même j’arrêtai tout traitement médical. Pendant une semaine il ne se passa rien mais le 30 décembre, C… tombait dans le coma. Elle resta plusieurs heures entre la vie et la mort ; eh bien, malgré l’évidence je continuai à faire confiance à cette femme et cela dura jusqu’en septembre 1983. Chaque fois que ma fille faisait une crise d’épilepsie ou tombait dans le coma, Yvonne Trubert (chez qui je l’emmenais) disait : “Ce n’est pas de l’épilepsie, c’est juste un peu de tétanie, ce n’est rien.” Et elle recommençait ses passes. J’étais hypnotisée.

« Aujourd’hui C. est loin d’être guérie et de plus elle a été atteinte psychologiquement car elle a cru en cette guérison [1]… »

1. Me Anna-Judith Levy, qui me défendait dans cette affaire, me fit parvenir le 17 septembre 1996 le jugement du tribunal de grande instance de Paris, 1e chambre, 1e section. Rendu le 19 juin 1996, ce jugement constatait la prescription de l’action et condamnait « *l’Association IVI à payer à Bernard Fillaire et à la société Faits divers la somme de dix mille francs en application de l’article 700 du nouveau code de procédure civile…*

Le 28 juin, un appel téléphonique avait interrompu ma conversation avec le père Jacques Trouslard. Il concernait justement Invitation à la vie :

– Bonjour, mon père, je suis M..., chargé de la logistique à l'Institut national agronomique, à Grignan. Une association nommée Invitation à la vie a organisé le 24 juin sa fête annuelle dans nos locaux. La connaissez-vous ?

– Certainement. Chaque année, cette secte organise une fête à laquelle participent environ mille personnes, dans des lieux les plus prestigieux. Ce 24 juin, fête de la Saint-Jean à la fois catholique et ésotérique, elle a choisi votre école comme caution d'honorabilité pour ses adeptes. Je pense que votre Institut national agronomique, dont la réputation n'est plus à faire, n'est pas responsable, vous avez dû recevoir des garanties de personnes bien placées du monde médical...

– Beaucoup de médecins, oui…

– … des professeurs de médecine qui avaient ou devaient participer au colloque qui a eu lieu en Andalousie, je suppose…

Je vois en effet, sur le bureau de Jacques Trouslard, le programme du deuxième colloque international d'Invitation à la vie organisé en Andalousie du 22 au 25 avril 1995, sur le thème « L'enfant, L'éveil à la vie ».

La liste imprimée sur ce document *(« susceptible d'être modifiée »)*, des intervenants français à ce colloque international (Allemagne, Angleterre, Argentine, Espagne, États-Unis, Hollande, Sénégal, Suisse), est impressionnante ! Quelle magnifique caution pour cette secte !

Samedi 22 avril
– Naître : la force de l'amour

Marie-Odile Rhétore, Paris
Professeur de médecine, spécialiste des maladies génétiques, hôpital Necker ;

Doris Nadel, Montpellier
Sage-femme, formatrice en accompagnement global de la naissance ;

Dimanche 23 avril
– Être : le petit homme

Gérard Lenoir, Paris
Médecin, professeur en pédiatrie, maladies génétiques, hôpital Necker ;

Richard et Marie Ouvrard, Aubenas
R. : Biothérapeute ;
M. : maître praticienne en PNL, cofondateurs de l'« École du cygne », santé et communication ;

Marie-Joséphine Grosjean, Paris
Écrivain, responsable d'un programme éducatif expérimental ;

Véronique Barrois, Grandcourt
Médecin immunologiste, conseillère en sciences de l'éducation à la Fondation de France, Ferme européenne des enfants.

Lundi 24 avril
– Devenir : l'apprentissage de la connaissance

Henri Joyeux, Montpellier
Professeur de cancérologie et de chirurgie digestive, faculté de médecine ;

Gérard Guerinet, Paris
Directeur Centre information orientation à la direction des lycées et collèges ;

Jacques et Marie Peter, Paris
J. : Ingénieur, directeur général de la Sernam;
M. : enseignante et formatrice IRIDC;

Xavier Emmanuelli [1], Paris
Médecin, fondateur du SAMU social, CHAPSA, hôpital Nanterre.

Des personnalités ont soutenu, dans le passé, la secte IVI. Comme Georgina Dufoix [2], dont le frère Éric Nègre est un responsable de la secte, et, évidemment, Marie de Hennezel, auteur de *La Mort intime* que préfaça François Mitterrand, qui assuma des responsabilités dans cette secte – en tout cas jusqu'en 1987. Les liens affectueux entre Yvonne Trubert et

1. Prévenu de la nature d'Invitation à la vie, Xavier Emmanuelli ne se serait pas rendu à ce colloque. Il est possible que d'autres personnes mentionnées sur ce document aient fait de même.

2. Lors d'une émission sur Antenne 2 en 1988, on voyait Georgina Dufoix accueillir Yvonne Trubert à l'aéroport de Nîmes en mai 1988. Elles se saluaient, s'embrassaient et entamaient une conversation. Cette émission, dont les animateurs étaient le député Alain Vivien et le père Jacques Trouslard, avait fait l'objet d'un référé qui interdit la parution du film sur IVI. Georgina Dufoix déclarait, à propos des « harmonisations » : « Je constate aussi que souvent ça fait du bien. Et qu'elles apaisent des tensions, des souffrances, des inquiétudes. Et je connais des gens qui sont des prêtres de l'Église catholique, je connais des gens qui sont des médecins, je connais des gens qui sont des hommes et des femmes venant d'horizons très divers, et qui apprécient cela. Donc je ne l'ai pas inventé. Effectivement, il y a des résultats. C'est réel. »

Georgina Dufoix ont-ils mis des passerelles entre certains membres d'IVI et l'Élysée ? Marie de Hennezel dit avoir rencontré François Mitterrand lors d'une réception à l'Élysée.

Depuis 1987, courait en France le bruit sur les rapports que pouvait entretenir François Mitterrand avec la secte IVI. Dans la revue mensuelle d'IVI, Yvonne Trubert parlait de « notre cher président ». Le poste de psychologue occupé par Marie de Hennezel à la Cité universitaire, où fut lancé le premier centre de soins palliatifs, aurait été créé à l'initiative du président de la République.

Interrogée sur son passage dans cette secte par le journal *Libération*, Marie de Hennezel ne fit aucun *mea culpa* et indiqua simplement, comme je l'ai déjà écrit, qu'elle avait réappris la prière à IVI…

« Une cage est partie à la recherche d'un oiseau. »

Franz KAFKA,
Aphorismes.

Le 3 juillet, ma chatte revint la tête ensanglantée. Depuis quelque temps, elle passait ses jours et ses nuits dehors. Son cancer métastasait rapidement. « Peut-être est-ce l'angoisse », m'avait dit le vétérinaire.

Comme elle approchait de son écuelle, je la pris dans mes bras. Sur le chemin, je lui disais qu'on allait la soigner. J'essayais d'être comme avant, comme quand on lui faisait un vaccin.

Le vétérinaire ouvrit la porte. Je la posai sur la table de soins. Il l'ausculta. Il ne pouvait plus rien pour elle.

Il alla chercher une seringue remplie d'un produit destiné à l'endormir. Ainsi, elle ne sentirait pas l'autre piqûre qui lui arrêterait le cœur. Trente secondes plus tard, elle dormait, les yeux grands ouverts.

→ *«J'aurai l'air d'être mort et ce ne sera pas vrai…»*, dit le Petit Prince à l'aviateur.

La première piqûre m'avait plongé dans l'illusion d'un profond sommeil ; alors ma conscience sentit moins la seconde piqûre qui allait la tuer. Elle lapa de toutes ses forces le liquide qui s'enfonçait dans ses veines. Sa mort fut bien plus rapide que celle de Mary Lou Anderson qui mit treize minutes à mourir, Velma Berfield quinze minutes, James Autry dix minutes[1]. Car on tue ainsi des hommes aux États-Unis…

→ *« J'aurai l'air d'être un animal, et ça ne sera pas vrai ! »*

1. L'injection léthale est moins coûteuse, pour le contribuable, que la chaise électrique ou la chambre à gaz : entre 1 million et 6 millions de dollars.

Le 7 juillet, à 16 heures, j'avais rendez-vous au bar d'un hôtel avec un ancien adepte de la Soka Gakkaï. Il me donna toutes sortes de documents. L'un d'eux concernait l'« Association des artistes du Ve arrondissement » (Paris). Cette association a été créée il y a environ dix ans par Mme Françoise Simon qui est la mère d'Emmanuel Barrat, responsable important de la Soka Gakkaï (responsable jeunes hommes). Cette femme a nommé Mme Tibéri présidente de cette association. Françoise Simon est restée présidente fondatrice d'honneur…

Le 16 juillet, je recevais d'un correspondant cette ordonnance :

Docteur M...
Diplômé de la faculté de médecine de Paris

HOMÉOPATHIE
AURICULOTHÉRAPIE – MÉDECINE MANUELLE

1) projecteur reflectus Ø 14-22 cm

2) ampoule 75 W opaline

3) se placer à 2 cm de la lampe (sans lunettes)

4) regarder 30 secondes la lampe

5) fermer les yeux au bout de 30 secondes (lampe éteinte),

balancer latéralement la tête de droite et de gauche au rythme de 2 secondes (1 seconde aller, 1 seconde retour)

pendant 2 minutes et demie à 3 minutes, sans dépasser 45°/verticale.

Le 25 août, j'apprenais par une lettre de Michel Marjollet[1] que le cercle européen des Témoins de Jéhovah anciens déportés et internés organiserait, du 29 novembre au 3 décembre, une exposition sur la déportation.

Quelques semaines plus tard, je lisais ce prospectus :

« Mémoire de Témoins

« Défi chrétien au totalitarisme nazi.
Le christianisme au risque du martyre.

« Cette exposition aborde la résistance au nazisme sous l'aspect moral et religieux. Elle présente l'histoire des Témoins de Jéhovah dans les prisons et les camps de concentration nazis. Dix mille furent internés. Plusieurs milliers perdirent la vie.

« Après la communauté juive, les Témoins de

1. Michel Marjollet, qui combat depuis plus de vingt ans la secte des Témoins de Jéhovah, me donna un témoignage impressionnant sur cette secte dans *Le Grand Décervelage, op. cit.*

Jéhovah ont été le groupe religieux qui, en proportion du nombre de ses membres, a payé le plus lourd tribut à la barbarie nazie. Ils furent le seul mouvement religieux à recevoir un signe d'identification particulier, un triangle violet. »

Il est exact que des Témoins de Jéhovah furent pourchassés, détenus, exécutés… à Dachau, Buchenwald, Mauthausen, Sachsenhausen, Auschwitz, Ravensbrük. Sur 19 278 en Allemagne à l'arrivée des nazis au pouvoir, 10000 furent arrêtés et 4000 à 5000 périrent[1].

Exact qu'ils portaient un triangle mauve pointé vers le bas.

Mais il est faux de parler de *« résistance au nazisme »*. Faux de comparer les Témoins de Jéhovah aux Juifs qui ont été déportés « au nom de la race » alors que les Témoins de Jéhovah furent incarcérés en raison de leur « attitude » face au problème de l'engagement social *en général*, sous toute latitude et sous n'importe quel régime politique.

Je lisais dans un document interne de directives imprimé par l'association Les Témoins de Jéhovah de France en avril 1994 : *« Certains se mêlent de campagnes visant à résoudre les problèmes de la société actuelle. Les chrétiens doivent se tenir à l'écart des débats sans fin sur des problèmes sociaux ou des luttes*

1. D'après S. Graffard et L. Tristan, *Les Bibelforscher et le nazisme (1933-1945)*, éd. Michel-Reynaud.

vaines contre l'injustice menées par le monde. Tout cela fait partie des moyens utilisés par Satan pour détourner l'attention des conseils bibliques[1]*...* »

L'association Les Témoins de Jéhovah ne s'est jamais engagée face au nazisme. Marie-Claude Vaillant-Couturier, résistante déportée à Auschwitz et Ravensbrück déclarait : « *Je les respectais pour leur courage, mais je ne les trouvais pas politiques, pas antifascistes ;* [...] *je les trouvais assez "limaces", certes contre la guerre, mais pas particulièrement contre Hitler.* [...] *Elles ne se manifestaient pas contre l'antisémitisme.* » « *Les Témoins de Jéhovah méritaient toute confiance et on aurait pu les envoyer au-dehors sans les faire accompagner par des sentinelles, si grand était leur désir de subir la prison à la gloire de Jéhovah*[2] », écrivait avec cynisme dans ses mémoires Rudolf Hoess.

Sans doute Hoess ignorait-il que les interdits jéhovistes existaient également à l'intérieur des camps. Les Témoins de Jéhovah ne choisissaient pas leur attitude. « *À toutes les questions, ils* [les Témoins de Jéhovah] *répondaient par des citations de la Bible apprises par cœur, de sorte qu'il n'y avait rien à faire avec eux* », déclarait Alfred Rosenberg, le 16 avril 1946, au tribunal militaire de Nuremberg.

1. *Le Ministère du royaume*, avril 1994.
2. *Le commandant d'Auschwitz parle, op. cit.*

Margarete Buber-Neuman, nommée chef de block de la baraque des Témoins de Jéhovah, au camp de concentration de femmes de Ravensbrück, racontait dans ses mémoires[1] l'histoire d'une adepte Témoin de Jéhovah qui souffrait d'une tuberculose ganglionnaire. Elle la gardait au block depuis des jours afin qu'elle n'aille pas à l'infirmerie car elle y aurait reçu l'injection mortelle. Mais un médecin SS l'avait remarquée. Il fallait que son amie Milena[2] la convainque de signer la déclaration s'engageant à ne plus faire de prosélytisme pour les Témoins de Jéhovah. Elle serait aussitôt relâchée.

Milena réussit, en effet, à la convaincre. Mais peu de temps après arrivait une adepte Témoin de Jéhovah dans le block où se trouvait Margarete Buber-Neuman, qui l'accusa, pour avoir tenté d'épargner la vie de cette femme, d'être « une alliée de Satan ».

« J'évoquai avec [*Milena*], *après ce triste événement,* racontait Margaret Buber-Neuman, *l'intolérance des Témoins de Jéhovah, leur indifférence à*

1. *Milena*, Le Seuil, coll. « Points Actuels ». Margarete Buber-Neuman, arrêtée par la Guépéou de Staline, fut condamnée à cinq ans de travaux forcés, puis finalement livrée à la Gestapo.

2. Journaliste et traductrice à qui Franz Kafka écrivit ses célèbres *Lettres à Milena*. Elle avait été déportée dans ce camp pour avoir organisé l'émigration de Juifs.

l'égard de toutes celles qui n'appartenaient pas à leur secte[1] [...]. »

Et elle ajoutait : « *Nous constatâmes alors l'existence d'une parenté frappante entre leur mentalité et celle des communistes.* »

* *
*

Non seulement l'Association les Témoins de Jéhovah ne s'engagea pas face au nazisme, mais elle commença par une odieuse tentative de séduction. Pour preuve, cette lettre jéhoviste de juin 1933[2] résultant de délibérations à la convention de Berlin, adressée à Hitler.

> « *Monsieur le Chancelier du Reich,*
>
> « *Le 25 juin 1933, dans le gymnase de Wilmersdorf (Berlin), s'est réunie une conférence d'environ*

1. Himmler, pensant exploiter leur « indifférence » à l'égard de tout ce qui n'était pas jéhoviste, adressait cette lettre en septembre 1944 à Kaltenbrunner : « *Les Témoins de Jéhovah pourraient après la victoire être installés dans les vastes plaines de Russie, où, sur les marches de l'empire allemand, ils serviraient de barrière aux ambitions soviétiques. S'ils convertissaient la population locale* [...] *leur pacifisme les empêcherait de prendre les armes contre les nazis, et leur haine des catholiques et des Juifs les préserverait de toute collaboration avec ces ennemis du Reich.* »

2. Avec l'en-tête : *Watch Tower & Tract Society, Brooklyn USA. German Branch 1-19 Magdeburg.*

5000 personnes, représentant plusieurs millions d'Allemands "étudiants de la Bible" [Témoins de Jéhovah]... *le but de cette assemblée était de faire connaître à Monsieur le Chancelier du Reich et aux autres dignitaires du gouvernement du Reich allemand, ainsi qu'à tous les gouvernements des provinces, les faits suivants :*

« Dans plusieurs parties du pays, des mesures sont prises contre une Association d'hommes et de femmes chrétiens, sérieux, qui se placent sur le terrain du christianisme positif. L'origine de ces mesures... ce sont des accusations venant généralement du parti clérical[1], *particulièrement catholique – et fausses.* [...] *»*

L'auteur de la lettre expliquait ensuite que la présidence de leur Société de la Tour de garde, à Brooklyn, *« est et a toujours été au plus haut point germanophile »*. C'est pour cette raison, écrivait-il, qu'en 1918 le président de la société et les sept membres du directoire en Amérique auraient été condamnés à la prison, « [...] *parce que le président refusait d'utiliser deux des revues qu'il dirigeait en Amérique pour la propagande contre l'Allemagne »*.

« Ces revues [Watch Tower *et* Bible Student] *sont les deux seules qui aient refusé de s'associer à la propagande contre l'Allemagne pendant la guerre, et elles furent pour cette raison interdites et opprimées en Amérique pendant la guerre.*

1. C'est nous qui soulignons.

« De la même façon, au cours de ces derniers mois, la présidence de notre Société n'a pas seulement refusé de participer à la propagande faite de mensonges atroces contre l'Allemagne, mais elle a pris position contre elle; ceci est souligné dans la Déclaration jointe par la remarque que les milieux qui ont dirigé cette propagande anti-allemande en Amérique (les Juifs d'affaires et les catholiques) sont aussi les persécuteurs les plus rigoureux de notre Société et de sa direction. Ceci a pour but de réfuter la calomnie selon laquelle les Témoins de Jéhovah seraient soutenus par les Juifs. »

Après avoir ajouté qu'*« il y a concordance entre les buts et les idéaux pour lesquels luttent les Témoins, et ceux du gouvernement national du Reich allemand »*, la lettre concluait qu'il n'y avait pas contradiction entre le programme du parti nazi et leurs activités. Elle rappelait les principes exprimés dans le programme du parti national-socialiste :

« Liberté de toutes les confessions religieuses dans l'État, dans la mesure où elles ne sont pas en contradiction avec le sentiment éthique et moral de la race germanique. »

« L'Organisation de la Tour de garde, continuait la lettre, *est pour le maintien de l'ordre et de la sécurité de l'État, ainsi que pour l'avancement des idéaux élevés du gouvernement national dans le domaine religieux... »*

Mais les hautes instances du nazisme étaient déterminées à lutter contre le pacifisme des Témoins de Jéhovah. La raison en était profonde. Cette secte, parce qu'elle refusait le politique qu'elle disait corrompu par Satan, représentait une idéologie trop menaçante. D'autre part, les Témoins de Jéhovah voulaient comme eux être le peuple élu ; ils promettaient, tout comme eux, un Reich de mille ans et attendaient de leurs membres une obéissance totale... Leur but commun était la conquête du monde et leurs méthodes pour l'atteindre identiques : la destruction de la famille et de la société.

De même que ce qui n'était pas nazi n'était pas allemand, ce qui n'était pas jéhoviste était satanique.

Devant la position agressive des nazis, les hautes instances de Brooklyn changèrent de tactique. Lors du déclenchement de la Seconde Guerre mondiale, on pouvait lire cette directive dans *La Tour de Garde* : *« Le chrétien ne doit pas se mêler, si peu soit-il, à une guerre entre nations. Le recrutement des hommes d'une nation quelconque n'est pas son affaire. Il doit rester neutre quel que soit son lieu d'origine ou sa nationalité. »*

Les Témoins eurent alors le choix entre les camps de la mort ou l'exclusion de leur association, c'est-à-dire l'enfer.

Le 2 septembre, je lisais dans les mémoires de Rudolf Hoess : « *Dès mon enfance, on s'est efforcé de développer en moi le sens du devoir : chaque ordre de mes aînés devait être exécuté consciencieusement et d'une façon précise*[1]. »

→ « Führerprinzip » du parti national-socialiste : « *Chaque SS doit oublier sa vie précédente et engager son existence entière. Il doit considérer chaque ordre comme sacré et l'exécuter sans hésitation, même si cela lui parait pénible.* »

« Gourouprinzip » de l'Église de Scientologie : « *Je m'engage à accepter et à assumer au mieux de mes aptitudes les responsabilités que l'on m'a confiées, peu importe leur nature et peu importe où*

1. *Le commandant d'Auschwitz parle, op. cit.*

elles me conduiront dans l'accomplissement de ma tâche[1]. »

« Gourouprinzip » de Sri Chinmoy Church Center : *« Obéissance, obéissance, obéissance. Obéissance en intensité, intense union avec ma volonté et intense résolution de me plaire chaque jour, à chaque moment selon ma manière*[2]. »

« Gourouprinzip » de la Sahaja Yoga : *« Nous ne sommes que les instruments de sa volonté divine* [*Shri Mataji*] *et nous devons assumer notre responsabilité pour la propagation de la Sahaja Yoga à chaque occasion.* [...] *Sommes-nous suffisamment disciplinés pour répondre aux souhaits de Shri Mataji dans ce domaine ? »*

Etc.

Quelques lignes plus haut, Rudolf Hoess écrivait : *« Une atmosphère profondément religieuse régnait dans ma famille.* [...] *Dès que ses occupations lui permettaient quelques loisirs, il* [*mon père*] *partait avec moi en pèlerinage : nous nous sommes rendus ainsi dans tous les lieux saints d'Allemagne, à Einseiden en Suisse et à Lourdes en France.* [...] *Pour ma part, j'étais un garçon très pieux : je prenais mes devoirs religieux au sérieux, j'aimais servir la messe en qualité*

1. Point 11 du « Code du membre de l'organisation maritime » (Sea Org), instance suprême de l'Église de Scientologie.

2. En France : Fédération française des centres Sri Chinmoy, discours du 19 mai 1978.

d'enfant de chœur et je faisais mes prières avec une profonde foi enfantine. »

La morale comme la justice de Rudolf Hoess étaient un vêtement ; sa foi, l'extérieur de la religion. La religion ne consiste pas seulement en l'exécution de pratiques mais dans la confrontation quotidienne aux valeurs évangéliques.

→ *« Le jeûne que j'agrée, n'est-ce pas ceci :*
dénouer les liens de la méchanceté,
laisser flotter les attaches du joug,
renvoyer libres ceux qui sont maltraités,
et que vous brisiez tous les jougs ?
N'est-ce pas rompre ton pain pour l'affamé ?
Les miséreux sans foyer, tu les feras pénétrer dans ta maison.
Quand tu verras quelqu'un nu, tu le couvriras,
et tu ne te déroberas pas devant celui qui est ta chair[1]. *»*

N'ayant aucune structure intellectuelle ni spirituelle, la première secte venue absorba Rudolf Hoess. Vers 1929, après avoir fait de la prison pour « Justice sauvage » et adhéré au parti national-socialiste, il entre dans la secte des Artamanes : *« C'était une communauté de garçons et de jeunes filles, conscients*

1. Le Livre d'Isaïe, LVIII.

de leur race, que j'avais appris à connaître par leurs brochures pendant mon séjour en prison. [...] *Ils renonçaient à l'alcool et au tabac, à tout ce qui serait susceptible d'exercer de mauvaises influences sur le corps ou l'esprit.* »

Il resta dans cette secte jusqu'en juin 1934, Heinrich Himmler, ce « fou » du Führer, passionné d'occultisme, d'écologisme, de végétarisme, l'ayant invité à rejoindre le corps de garde SS d'un camp de concentration, Dachau, où il restera jusqu'en 1938. Puis ce fut Auschwitz où il exerça ses principes moraux...

→ *« Dans la haute Antiquité, s'il m'en souvient, l'homme mangeait souvent l'homme. Toutefois, je ne suis plus très au clair là-dessus. J'ai essayé de revoir cette question, mais il n'y a pas de chronologie à mon livre d'histoire et sur chacune des pages s'étalent les mots : "humanité", "justice", "morale". Comme de toute façon, je ne parvenais pas à m'endormir, j'ai lu attentivement pendant la moitié de la nuit jusqu'au moment où j'ai décelé quelque chose d'écrit entre les lignes, deux mots remplissaient le livre tout entier : "Dévorer l'homme." »* (Luxun, *Le Journal d'un fou.*)

Le 9 septembre, je reçus de Michel Marjollet un courrier très intéressant concernant la nouvelle attitude des Témoins de Jéhovah à propos du service militaire.

J'écrivais au début de ce journal que le but de la manipulation mentale n'était pas de donner des convictions morales ou religieuses aux adeptes, mais au contraire de détruire en eux la faculté d'en former. *« Cela afin que l'adepte obéisse aux directives de sa secte quels que soient ses changements de politique, même s'ils sont en contradiction avec la doctrine présentée au moment de son adhésion. »* Les documents que me faisait parvenir Michel Marjollet en apportaient une flagrante illustration.

Dans le *Manuel pour l'École du ministère du Royaume*, publié par la société jéhoviste Bible and Tract Society New York, intitulé « Prenez garde à vous-mêmes et à tout le troupeau », on pouvait lire en 1971 :

« Les Témoins de Jéhovah sont neutres quant aux affaires politiques et militaires des nations.

« Ils se gardent d'influencer autrui en ce qui concerne les élections politiques, la recherche de fonctions politiques, le service militaire, etc.

« Puisque les vrais chrétiens voués à Dieu "ne font pas partie du monde", celui qui renonce à sa neutralité chrétienne se retire volontairement de la congrégation chrétienne neutre (Jean 15.19; 17.14-16).[...]

«Si cette personne persévère dans sa voie en dépit de l'aide qui lui est offerte, elle se retire alors volontairement de l'organisation. On devra enlever sa carte du fichier des membres actifs.

« Une communication sera généralement faite pour indiquer que cette personne s'est retirée de la congrégation, et on informera oralement la personne de sa position. Les membres de la congrégation susceptibles de recevoir la visite de celui qui s'est retiré volontairement seront également prévenus oralement; on se comportera envers cette personne comme envers un exclu. »

Comme nous le savons, ce genre de directives a contraint des milliers de jeunes de 18 ans à refuser de porter les armes mais également de faire le service national civil. Ils tombèrent ainsi sous le coup de l'article 447 du code de justice militaire pour refus d'obéissance et furent conduits en prison.

Or le bimensuel jéhoviste *La Tour de garde* (tiré à 18950000 exemplaires !), daté du 1er mai 1996, écrit :

« Que dire si ce chrétien, après avoir réfléchi honnêtement à ces questions, en arrive à la conclusion que le service national civil est une "bonne œuvre" qu'il peut accomplir pour obéir aux autorités ? C'est sa décision devant Jéhovah. Les anciens et les autres membres de la congrégation devraient respecter pleinement sa conscience et continuer à le considérer comme un chrétien de bonne réputation. »

Et, cette fois, l'association jéhoviste s'appuie sur ces paroles de Paul : *« Nous nous devons "d'obéir aux gouvernements et aux autorités en leur qualité de chefs…" »* (Tite 3.1, 2).

Pourquoi ne pas avoir cité plus tôt ces paroles ? Cela aurait évité la prison à des dizaines de milliers de jeunes !

Comment ne pas souscrire à ce tract que m'envoie Michel Marjollet :

TÉMOINS DE JÉHOVAH

* * *

VOUS AVEZ FAIT DES ANNÉES DE PRISON POUR RIEN

* * *

VOUS ÊTES EN DROIT DE DEMANDER DES COMPTES À VOS DIRIGEANTS

Le 9 septembre 1996, Me Théo Klein, succédant à Me Schnerb, plaidait à la cour d'appel du tribunal de grande instance de Paris la cause de Mme Marie-Claire Ricci (*voir 8 février 1995*).

Si la présence de l'ancien président du CRIF (Conseil représentatif des institutions juives de France) aux côtés de ce membre de la secte IVI, me surprit, en revanche, la pièce n°5 du dossier de contre-preuves de Mme Ricci me choqua. Il s'agissait d'une lettre du père Vernette…

Dans cette lettre, le vicaire général de l'évêché de Montauban, faisant office de conseiller juridique, écrivait à Mme Ricci qu'elle avait raison de faire appel contre son confrère le père Jacques Trouslard, malgré l'attendu pourtant très clair du tribunal de grande instance de Paris du 8 février 1995 (*«Le développement des sectes ou associations spirituelles constitue dans les sociétés occidentales, en particulier, un phénomène de société qui donne à l'information, qui peut être publiée, un caractère légitime… »*).

14 septembre. Tzvetan Todorov écrit à propos des Témoins de Jéhovah, dans son enquête sur le comportement des prisonniers dans les camps totalitaires : « *L'héroïsme est perverti ici en action dépourvue de finalité humaine.* [...] *Même dans les circonstances exceptionnelles de la guerre et de la révolte, tous les héros ne sont pas dignes d'éloge*[1]. »

Ce jugement, dur pour les adeptes, s'applique parfaitement aux dirigeants de cette organisation qui leur imposèrent cyniquement ce martyre. En Suisse, où le refus de porter les armes était sans danger pour les Témoins de Jéhovah, on pouvait lire cette *Déclaration* publiée le 15 septembre 1943 :

> « [...] *Notre association n'ordonne ni ne recommande, ni ne suggère de quelque façon que ce soit d'agir à l'encontre de prescriptions militaires.* [...] *Nous n'avons jamais eu et n'aurons jamais la prétention de déclarer que l'accomplissement des devoirs*

1. *Face à l'extrême, op. cit.*

militaires est en contradiction avec les principes et les buts de l'Association des Témoins de Jéhovah [...]. *Nous prions tous nos membres et amis* [...] *d'éviter tout ce qui pourrait donner lieu à des malentendus ou ce qui pourrait même être interprété comme une incitation à la désobéissance envers des prescriptions militaires*[1]. »

Les familles de Témoins de Jéhovah seraient en droit de demander des comptes à leurs dirigeants...

1. Dans la *Tour de garde* du 15 octobre 1981, page 22, les Témoins de Jéhovah affirmaient avoir maintenu une stricte neutralité pendant la Seconde Guerre mondiale !

Le 17 septembre, ma mère lutte pour vivre encore quelques heures. Je vois passer devant moi n'importe qui, n'importe quoi. Et tout vit. Et elle meurt.

À ce moment, si un adepte de secte passait, sans doute l'écouterais-je. Et sans doute pleurerais-je sur son épaule. Il me promettrait un royaume où l'on ne souffrirait plus de maladies ni de vieillesse, où il n'y aurait plus de guerre, où les morts reviendraient à la vie… Il me proposerait un infini bonheur à la place de ma mère. Comme si ma mère était à vendre. Comme si la vie était à vendre.

REMERCIEMENTS

Pendant ces trois années, certaines personnes dont le nom ne figure pas dans ce journal m'ont aidé de leurs conseils, de leurs informations ou de leur simple amitié :

Madeleine Allemane, Laurent Beccaria, Fabien Bleuze, Jean-Christophe Brochier, Claudine Broux, Claire Champollion, Mireille Cifali, Philippe Cusin, François Decaris, Yvette Genosy, Véronique Girard, Marie-Claire Guignard, Arnaud Montebourg, Muriel Rémont, Jacques Richard, Janine Tavernier.

Je remercie les membres de l'UNADFI et du CCMM pour leur combat de résistance.

Je remercie les journalistes et les travailleurs sociaux qui ont l'intelligence de dénoncer les sectes.

J'espère, un jour, pouvoir citer les témoins et les informateurs anonymes sans lesquels ce livre n'aurait pas existé.

Ouvrage composé en Bodoni book
par Dominique Guillaumin

Achevé d'imprimer par la
SOCIÉTÉ NOUVELLE FIRMIN-DIDOT
Mesnil-sur-l'Estrée
pour le compte des Éditions Stock
23, rue du Sommerard, 75005 Paris
en octobre 1996

Imprimé en France
Dépôt légal : octobre 1996
N° d'édition : 8390 - N° d'impression : 36119
ISBN : 2-234-04656-4
54-07-4656-01/2